테라스
부부

새소설

20

테트리스 부부

권제훈

장편소설

자음과모음

강지웅

고속도로를 빠져나와 구불구불한 길로 접어들었다. 좁아진 길만큼 마음이 답답해져 창문을 살짝 내렸다. 틈 사이로 차가운 바람이 밀려 들어왔다. 어디선가 뻐꾸기 소리가 들렸다. 고향에 온 걸 환영한다는 듯. 뻐꾹, 뻐꾹, 뻐꾹. 조용히 따라 해보았다. 그 소리에 민서가 몸을 뒤척였다.

짙은 회색의 무쏘가 담벼락을 지키고 있었다. 아빠의 두 발이 되어준 오랜 친구였다. 족히 30만 킬로미터는 넘게 달렸을 테다. 고쳐도 쓸 수 없을 때까지 탄다는 게 아빠의 신념이었다. 엄마는 미련한 고집이라며 투덜거렸지만, 아빠의 그런 면을 쏙 빼닮은 게 바로 나였기에 무쏘를 볼 때면 왠지 정감이 갔다. 아빠가 저 차를 언제까지 탈 수 있을지

내심 궁금하기도 했고.

　피사의 사탑처럼 살짝 기울어진 담벼락이 무쏘를 덮칠까
봐 걱정됐다. 사정없이 금이 가버린 지 오래지만 용케도 잘
버티고 있었다. 나는 무쏘 뒤에 살포시 다가가 주차했다.
무쏘와 모닝, 뭔가 귀여운 조합이었다.

　"오늘이 디데이야. 알지? 명심해."

　시동을 끄자마자 민서가 재차 강조했다. 도착할 즈음이
되자 귀신같이 눈을 떴다. 저놈의 디데이 타령. 한숨이 나
오려는 걸 가까스로 참았다. 민서는 노르망디 상륙을 앞둔
연합군처럼 비장했다. 살짝 흥분한 것 같기도 했다. 두려움
보다는 기대가 앞서는 듯. 민서의 이런 모습이 새삼스럽진
않았다. 구찌 매장 앞에서 대기 인원이 하나둘 줄어드는 걸
지켜볼 때도 그랬다. 초조하게 발을 구르고 사방을 살피며
상기된 표정으로 이렇게 얘기했었지 아마. 오늘은 가방을
꼭 사고 말겠어. 명심해, 알겠니? 그때 내 표정이 어땠을까.
죽을 줄 알면서도 적진으로 뛰어들어야 하기에 공포에 질
린 얼굴이었을까, 적을 반드시 섬멸하겠다는 일념으로 가
득한 용사의 얼굴이었을까. 보나 마나 전자일 테지만.

　하품이 쏟아졌다. 귀성길 교통체증을 피하려고 새벽 3시
30분에 출발했다. 네 시간이 채 걸리지 않았으니 빨리 온
편이었다. 여덟 시간 넘게 걸린 적도 있었다. 일찍 잔다고

11시에 눕긴 했는데 뒤척이다가 잠을 거의 못 잤다. 휴게소 화장실만 잠깐 들르고 계속 달렸더니 피로가 몰려왔다. 평소에도 운전대를 자주 잡지 않아서인지 장거리 운전은 아무래도 힘들었다.

기차로 오가면 좋을 텐데.

하지만 나의 고향엔 KTX나 SRT가 서지 않았고 민서는 버스를 싫어했다. 처가댁에도 가려면 차를 끌고 가는 게 합리적이긴 했다. 짐도 많고. 어서 들어가서 후다닥 아침을 먹고 잠을 자야겠다는 생각뿐이었다.

낮은 담벼락 너머로 아담한 마당과 집이 보였다. 내가 여섯 살이 되던 해부터 살았던 2층짜리 단독주택. 1층은 부모님이 썼고 2층은 누나와 내가 한 방씩 차지했다. 지금 2층은 거의 창고와 다를 바 없었다. 명절에만 우리 부부가 쓰는 정도.

누나는 이번 명절에도 못 온다고 했다. 따지고 보면 못 오는 게 아니라 안 오는 거였다. 지난 추석에는 파리에 간다고 오지 않았다. 파리지앵인 척하는 게 눈살을 찌푸리게 했다. 소주만 찾던 인간이 최근에는 와인 좀 마신다고 유세였다. 모르긴 몰라도 누나가 이혼한 이유 중 하나는 명절에 해외여행을 다니기 위해서일 것이다.

삼 년 전 내 결혼식을 한 달 앞두고 누나는 보란 듯이 이혼했다. 내 결혼식에 매형이 참석하는 꼴을 도저히 볼 수 없다면서. 어차피 이혼하는 마당에 동생 결혼식까지만이라도 참아보라고 엄마가 애걸복걸했지만 소용없었다. 덕분에 결혼식 날 분위기가 영 별로였다. 누나는 와이프 말을 잘 안 들으면 이혼당할 거라고 악담했다가 엄마한테 등짝을 맞았다. 그런 누나는 매형 말을 잘 듣지 않아서 이혼당한 거냐고 쏘아주고 싶었는데 아빠한테 머리채를 잡힐 것 같아 참았다.

그나저나 역시 솔로가 최고인가. 나도 명절에 혼자 해외여행이나 다니면 좋을 텐데. 새삼 그 무섭던 누나가 아주 조금은 보고 싶고 부럽고 그랬다.

민서가 옷매무새를 살피는 동안 고향집을 감상했다. 어릴 땐 이 집이 작아 보였는데, 서울에서 지내다 가끔 고향에 내려오면 그렇게 크고 넓어 보일 수가 없었다. 이렇게 근사한 집이 우리 집이라고? 하는 생각이 들 정도였다. 그대로 옮겨다 서울 한 곳에 지어놓고 살면 더할 나위가 없을 텐데. 집 가격이 열 배, 아니 백 배가 될지도 모른다.

다들 고향에 가면 어릴 적 뛰놀던 동네가 너무 작아서 놀란다지만 나는 정반대였다. 집도 커 보이고 동네도 광활해 보였다. 시야도 확 넓어졌다. 높은 건물이라곤 5층짜리 빌라 한 동밖에 없었다. 그마저도 어렸을 땐 없었고, 불과 몇 년 전에 누군가가 이 동네에 투자해서 지었는데 아직 공실이 있다고 들었다.

1층엔 이미 불이 켜져 있었다. 아들 내외가 온다고 새벽부터 서둘렀을 게 분명했다. 평소에도 6시 전에 일어나는 분들이긴 하지만. 엄마, 아빠의 인자한 얼굴과 깊은 주름을 떠올리자 마음 한구석에 크나큰 바위 한 개가 쿵 내려앉는 기분이었다.

"강, 지, 웅. 듣고 있어? 오늘 디데이라고."

내가 딴생각하는 걸 눈치챈 듯 민서가 다그쳤다.

"응, 알고 있어."

"목소리에 왜 힘이 없어?"

"피곤해서 그렇지. 새벽부터 나왔잖아."

그러는 넌 왜 이렇게 쌩쌩하냐고 묻고 싶었다. 하긴 내가 운전하는 사이 옆에서 네 시간을 쿨쿨 잤으니 피곤할 리가 없지. 그러고선 엄마, 아빠에게는 오는 내내 잠을 못 자서 피곤하다며 투덜거릴 게 뻔히 보였다. 그러면 엄마가 다음부터는 내려오지 말라는 둥 마음에도 없는 소리를 할 테고.

지그시 눈을 감고 앞으로 닥쳐올 일을 상상해보았다. 어느 때보다 힘든 명절이 될 게 자명했다. 마음에 없는 소리와 미처 숨기지 못한 마음의 소리가 어지럽게 오갈 텐데.

우리 집에서 1박 2일, 처가댁에서 또 1박 2일. 총을 쏘고 폭탄을 던지고 칼로 쑤시고 선혈이 낭자해진 채로 흘러갈 것이다.

이 전쟁에서 살아남아 돌아갈 수 있을까. 살아남을 수 없다면 차라리 지금 죽고 싶다.

남자는 명절에 하는 게 없어 편하다고 오해하는 사람이 있는데 나는 그 누구보다도 명절이 싫은 사람이다. 기가 센 엄마와 그를 능가하는 아내 사이에서 눈치를 보고 있자면 가끔 호흡곤란이 올 지경이다. 휴대용 산소마스크가 얼마인지 검색해본 적도 있다. 누나까지 있으면 세 여자의 기운에 압사당할 것만 같았다. 설악산 암벽 사이에 낀 기분이랄까. 발가락조차 꼼지락거리기가 여의찮았다. 세상 물정 모르고 생각나는 대로 얘기하는 아빠가 또 무슨 사고를 칠지도 몰랐다. 제발 엄마와 민서의 신경을 건드리지 않고 차라리 나를 공격했으면 하는 게 나의 작은 소망이었다.

누나한텐 미안한 얘기지만 그나마 누나가 이혼한 게 천만다행이었다. 누나의 선례를 보고는 부모님 모두 조심하려고 노력했다. 딸이 이혼한 마당에 아들마저 이혼당하는 꼴을 두고 볼 순 없을 테니까. 엄마는 어떻게든 쿨한 시엄마처럼 보이려고 발버둥을 쳤지만 내 눈엔 너무 어색해 보였다. 하고 싶은 얘기를 김장김치처럼 꾹꾹 눌러 담고 있는 게 훤히 보인다고 할까. 저러다가 김치는 형체조차 없이 사라지고 국물만 아주 조금 남을 것 같았다.

아무튼 누나가 며느리를 괴롭히지 말라고 신신당부한 게 효과가 있었다. 덕분에 내가 괴로워지긴 했지만.

나는 우리 집에선 밥 차리고 설거지하고(서울에서도 요리와 설거지는 내 담당이긴 했다. 민서는 뭘 하냐고? 그건 민서에게 물어보길. 그럼 의기양양한 얼굴로 이렇게 대답할 것이다. 자신은 돈을 많이 벌어온다고. 물론 버는 것보다 쓰는 게 더 많다는 게 함정이다) 제사 지낸다고 바빴고, 처가댁에선 장인어른 술 시중을 든다고 간이 남아나질 않았다. 장인어른은 저녁에만 술을 드시는 게 아니라 아침, 점심, 간식, 야식 등 시도 때도 없이 술로 간을 적시는 분이었다.

반면 민서는 아무것도 하지 않았다. 시댁에서도 친정에서도. 아, 하나 있었다. 자는 거. 어디서든 잘 자는 민서는 시댁이든 친정이든 아침이 차려질 때까지 이를 갈며 잘도 잤다. 그리고 하나 더, TV 시청. 시댁에서도 리모컨은 민서의 것이었다. 민서가 아빠와 소파에 나란히 앉아 있노라면 마치 아빠가 두 명인 것 같았다. 지난번에는 스마트TV가 아니라서 넷플릭스를 볼 수 없다고 투덜거리며 아빠에게 스마트TV 장만을 강권하기까지 했다. 아빠는 얼마면 살 수 있냐고 되물었지만 당황한 기색이 역력했다. 여러모로 대단한 며느리였다.

그래, 네가 편해야 나도 편하지. 네가 행복해야 나도 행복하고.

오로지 이 마음으로 명절을 버텨왔다. 하지만 이번엔 도무지 자신이 없었다. 그 얘기를 어떻게 꺼내야 할지 상상하는 것만으로도 가슴이 옥죄였다.

아침 공기가 쌀쌀했지만 서울보단 확실히 포근했다. 어지간해선 눈이 잘 내리지 않는 지역이었다. 뒷좌석에서 캐리어와 한우 세트를 꺼냈다. 해외여행을 가는 것도 아닌데 캐리어까지 필요한지 모르겠지만 민서는 캐리어를 고집했다. 내 짐은 거의 없고 대부분 민서의 것이었다.

마당에 들어서는데 기분이 남달랐다. 민서의 말처럼 전쟁터에 발을 내딛는 느낌이었다. 이러다 지뢰를 밟는 건 아닐까, 매복하고 있던 적군이 뛰쳐나오는 건 아닐까. 이상하고 아찔한 생각이 스쳐 지나갔다.

다행히 우리를 발견한 엄마가 슬리퍼를 끌며 뛰어나왔다. 불행하게도 엄마는 우리를 아군으로 착각하고 있었다. 적에게 성문을 활짝 열어주는 가여운 엄마. 나는 순진한 얼굴로 엄마를 안아주었다. 트로이 목마의 심정이 이러했을까.

짐을 푸는 듯 마는 듯하고 엄마가 차려놓은 떡국부터 먹었다. 그리고 항상 그랬듯 2층에서 눈을 잠깐 붙였다. 오늘 밤에 펼쳐질 격전을 위해 힘을 비축해야만 했다. 하지만 좀체 잠들지 못하고 뒤척였다. 반면 민서는 근심 걱정 없는 얼굴로 입을 헤벌린 채 잤다.

두 시간 정도 누워 있었을까. 아침 먹은 지 얼마 되지도 않은 것 같은데 점심시간이 다가왔다. 엄마가 부르는 소리에 나란히 내려갔다. 민서가 점심 먹고 자연스럽게 얘기하라고 다그쳤다. 그 말을 어떻게 자연스럽게 할 수 있냐고, 나는 눈빛으로 반항했다.

낡은 식탁에 앉아 된장찌개에 갈치구이를 먹었다. 평소 같았으면 야무지게 갈치를 발라 먹었을 텐데 영 손이 가지 않았다. 엄마가 살집이 두툼한 갈치 몸통을 내 밥그릇에 얹어주었다. 나만 챙기는 게 민망했는지 민서에게도 뼈를 발라주었다. 민서는 해맑게 웃으며 받아먹었다.

지금 밥이 넘어갈까.

된장찌개에 밥을 비벼 목구멍으로 꾸역꾸역 밀어 넣었다. 도둑이 제 발 저린다더니, 부모님이 아기 얘기를 꺼낼까 봐 노심초사했다. 결혼하고 이 년 동안은 보채지 않았는데 최근엔 기회가 될 때마다 나를 몰아붙이고 있었다. 민서에게 대놓고 얘기하지 않는 건 정말 다행이었다.

고맙게도 아빠의 등산 얘기가 점심을 다 잡아먹었다. 아빠는 100대 명산을 이미 오래전에 정복한 날다람쥐였다. 커피를 마시고 신나게 화투를 쳤다. 열정을 다 바쳐서 치느라 아기 얘기는 나오지 않았다. 돈을 쓸어간 민서는 또 자러 갔다. 아빠도 피곤하다며 방으로 들어갔다.

거실에 둘만 남자 엄마가 틈을 놓치지 않았다. 이 순간만을 기다렸던 맹수처럼 아들을 잽싸게 낚아챘다. 날 선 발톱이 아주 살벌했다.

"아직 소식 없나?"

"무슨 소식이요?"

알면서도 모르는척했다.

"뭐긴 뭐야. 애 소식이지."

"엄마, 그게……."

말 나온 김에 지금 얘기를 해야겠다고 생각했지만 차마 입이 떨어지지 않았다. 누가 내 입술에 강력 본드라도 발라놓은 것 같았다.

"엄마가 그때 챙겨준 건 잘 지니고 있나?"

"뭐요?"

"부적 말이야. 베개에 넣으라고 준 거. 넣었나? 안 넣었나?"

"넣었어요."

거짓말을 했다. 이상한 한자가 적혀 있는 붉은색 부적을 어딘가에 처박아둔 것 같은데 기억조차 나지 않는다. 지난 추석에 엄마가 챙겨준 것이다. 이 동네뿐만 아니라 전국 각지에서 사람들이 찾아오는 용한 집이라고 강조하면서. 그런 동네에 사는 것도 하나의 복이라나 뭐라나.

"그런데도 아무런 소식이 없다고? 금방 생긴다고 했는데 분명히. 받아준 날에는 무슨 일이 있어도 해야 된다이. 꼭 그날이 아니더라도 부지런히 노력해라, 부지런히. 정성을 가득 담아서."

부지런히 노력하라는 당부가 이렇게 이상하게 들릴 수 있다니.

"시간이 없다, 시간이 없다고."

엄마가 빈 손목을 두드리며 재촉했다.

"무슨 시간이 없어요?"

"지체할 틈이 없다고. 알겠나? 아니다. 지금 가자. 엄마랑 같이."

"어딜요?"

"점 보러."

"됐어요. 돈 아깝게 제발 점 좀 그만 보러 다니세요."

"그런 데 돈 아끼는 거 아니다. 미래를 알려주는데 돈이 아깝긴 뭐가 아까워. 복 나가니까 그런 소리는 어디 가서 절대 하지도 마라."

엄마는 당장이라도 나갈 것처럼 엉덩이를 털고 일어섰다. 엄마의 옷소매를 붙잡고 자리에 다시 앉았다. 힘이 없어서 내가 살살 당겼는데도 쭉 끌려왔다. 마음을 다잡고 엄마를 바라보았다.

"엄마, 사실은……."

"왜? 혹시?"

엄마의 작디작은 눈이 똥그래졌다. 오래전에 수술한 쌍꺼풀이 언제 사라졌는지 보이지 않았다. 친구들과 손잡고 서울까지 올라와서 만든 귀하디귀한 쌍꺼풀인데 어디로 사라졌을까? 엄마의 쌍꺼풀처럼 쥐도 새도 모르게 숨고 싶었다.

"아, 아니다. 그런 거 아니다. 엄마, 오해하지 마라."

엄마를 뒤로하고 2층으로 도망쳤다. 아이를 가지라고 부적까지 챙겨준 엄마에게 차마, 저렇게나 바라고 있는데, 당신의 아들이 자식 생각이 없다는 걸 알게 되면 얼마나 상심이 클까. 충격받고 쓰러질지도 모를 일이다. 아무래도 엄마보다는 아빠가 낫겠다고 생각했다.

2층 베란다로 나가 바람을 쐬었다. 마당에 있는 감나무의 우듬지가 눈높이에서 보였다. 이 집으로 이사 오면서 심었던 감나무. 감을 따 먹으며 놀던 시절엔 훗날 결혼하고도 아이를 가지지 않을 거라고 상상도 못 했다. 엄마는 당신의 손주도 감나무에 키를 기록하며 쑥쑥 자랄 거라고 철석같이 믿고 있겠지. 아직도 감나무에는 나와 누나의 키를 적어둔 흔적이 어렴풋이 남아 있었다.

함께 뛰놀던 동네 꼬마들은 지금 어디서 무얼 하고 지낼까. 진즉에 결혼해 아이가 벌써 둘이라는 녀석도 있었으나 대부분은 소식이 끊긴 지 오래였다.

내 첫사랑은 결혼하고 아르헨티나로 건너가 세 아이의 엄마가 되었다는 얘기를 몇 년 전에 들었다. 고등학교만 졸업하면 이 답답한 동네를 하루빨리 떠나겠다던 친구였는데 어쩌다 그 먼 곳까지 흘러갔는지 신기할 따름이었다. 머나먼 타지에서 아이 셋을 키우는 건 보통 일이 아닐 것 같은데. 첫사랑과 이 마을 곳곳을 거닐던 나날들이 생생히 떠올라 헛웃음이 터졌다. 우리 둘 다 여길 뜨고 싶었고 이곳을 벗어나는 데 성공했다. 하지만 그게 과연 우리에게 득이었을까, 독이었을까. 그때로 다시 돌아간다면 선택이 달라질까.

추억이 새록새록 남아 있는 작고 소박한 동네. 지붕들이 삼삼오오 모여 서로 머리를 맞대고 있었다. 대부분 색이 완전히 바래고 낡았지만 비교적 근래에 새롭게 칠해 말끔한 것도 보였다. 집마다 옥상을 지키고 있는 파란 물탱크들이 이국적으로 느껴졌다. 친한 형이 살았던 집 옥상에는 아직

농구 골대가 덩그러니 서 있었다. 그땐 아주 높아 보였는데. 농구하다가 공을 잘못 던져 다른 집 창문을 깨기도 했다. 옛 추억을 떠올리며 동네를 찬찬히 살펴보았다. 저 멀리 야트막한 산이 동네를 든든히 지켜주고 있었다.

"말씀드렸어?"

방에 들어가자 자는 줄 알았던 민서가 벌떡 일어났다.

"아니, 아직."

"왜? 언제 말씀드리려고?"

"내일."

"안 돼. 오늘 말씀드려야 해. 내일 아침에 제사 지내고 밥 먹고 바로 출발할 건데 그럴 정신이 어딨어?"

나는 머리를 감싸 쥐었다. 제사 지내면서 그 얘기를 하면 조상님이 보는 앞에서 귀싸대기가 날아오고도 남을 테다. 제사 지내고 밥 먹고 폭탄선언 하고 도망쳐버릴까. 그럼 다시는 이 집의 문지방을 넘지 못하겠지?

"오빠, 힘들어도 저녁엔 꼭 말씀드려. 정식으로, 제대로 말씀을 드려야 해. 오빠가 힘들다는 거 나도 알아. 부모님이 걱정되는 것도 잘 알고. 나도 마찬가지야. 내일 우리 집에선 내가 얘기를 꺼내야 하는데…… 그런데 어쩌겠어? 이렇게라도 해야 이해하실 거야. 오빠도 다른 수가 없다는 거 잘 알잖아. 어차피 언젠가는 해야 할 일이라는 거, 한 번은 털고 가야 해."

털고 간다. 과연 먼지처럼 털어질까. 내 강냉이가 털리지 않으면 그나마 다행일 것 같은데.

"오빠, 알았냐고."

민서는 이럴 땐 꼭 오빠라고 불렀다. 평소에는 자기 기분 내키는 대로 부르면서. 이불에 쏙 들어가 누웠다. 민서가 뒤에서 나를 안아주었다. 그러더니 손이 점점 아래로 향했다. 낄낄 웃으며 거길 만졌다. 시댁에서도 이런 장난을 치고 싶을까. 그것도 이렇게 심각한 때에, 곧 무슨 일이 벌어질지도 모르는데. 나는 민서의 손을 가만히 잡고 저지했다. 민서가 왜 그러냐며 아양을 떨었지만 못 들은 척 눈을 감았다. 귀도 접어서 닫을 수 있다면 그리했을 테다.

해가 떨어지고 우리 넷은 다시 거실에 모여 한우에 소주를 마시기 시작했다. 민서는 마당에 숯을 피워 고기를 굽는 걸 좋아했지만 날이 추워서 그러긴 힘들었다. 나는 없어서 못 먹던 한우조차 잘 넘어가지 않았다. 대신 소주를 연거푸 비웠다. 도저히 맨정신으로는 말을 못 할 것 같았다. 오랜만에 빨간 뚜껑 소주를 마시니 취기가 빨리 올랐다. 엄마가 소주만 마시지 말고 고기를 좀 먹으라며 잔소리했다.

분위기가 무르익자 민서가 눈치를 줬다. 작전을 개시하

라는 뜻이었다. 마침 아빠가 자리에서 슬그머니 일어났다. 아무도 모르게 담배를 피우러 갈 생각인 것 같았으나 모두 다 아빠의 목적지를 알고 있었다. 나도 슬며시 일어났다.

담벼락에 서서 아빠랑 같이 담배를 태웠다. 이십여 년 전 부터 쓰던 검은색 플라스틱 재떨이가 아직 그 자리를 지키 고 있었다. 아빠랑 맞담배를 태우다니. 그러고 보면 아빠도 세월이 흐르는 동안 많이 변했다. 어릴 적 같았으면 상상도 못 할 일이다. 아빠가 담배를 깊게 빠는 모습을 지켜보았 다. 아빠도 날 빤히 바라보면서 한마디 했다.

"담배 끊어라이, 이 콩만 한 자슥아. 몸에 좋을 거 하나도 없다."

평생 담배를 손에서 놓지 못한 사람이, 초등학교(그 당시 엔 국민학교) 때부터 태웠다며 자랑하던 사람이 할 얘기는 아니었다. 아빠부터 끊으면 나도 끊겠다고 했다. 아빠는 나 부터 끊으면 당신도 생각해 보겠다며 허허 웃었다. 웃는 낯 짝에 침 뱉는 거 아니라고 했다만.

"아부지."

평소에는 쓰지도 않던 호칭이 툭 튀어나왔다. 왠지 이래 야만 할 것 같았다. 정작 불러놓고 뒷말이 나오지 않았다.

"와? 무슨 할 말 있나?"

"그게……."

취기로 붉어진 아빠의 얼굴에 갑자기 화색이 돌았다.

"니 혹시 임신했나? 아, 아니지. 며느리 임신했나?"

"아니요. 그게 있잖아요……."

나는 말을 멈추고 담배를 비벼 껐다. 손가락에 담배를 끼우고 할 소리는 아니었다. 계속 뜸을 들이자 답답했는지 아빠가 빨리 얘기하라며 다그쳤다.

"죄송한데요, 아무래도 아이는 힘들 것 같아요."

"뭐? 그기 무슨 말이고?"

나는 용기를 냈다.

"저랑 민서, 아이는 못 낳을 거 같다고요."

"이 자슥이, 지금 무슨 소리를 하는 기고?"

아빠가 버럭 소리를 질렀다. 엄마와 민서가 그 소리를 들었을까 싶어 고개를 돌려 분위기를 살폈다. 두 사람은 뭐가 그리 즐거운지 웃으며 잔을 부딪치고 있었다.

"우리 집안의 대를 끊겠단 말이가 이 자슥아. 누나도 저러고 있는데 집구석에 하나밖에 없는 아들마저 그러면 어쩌란 말이고?"

"안 낳는 게 아니라 못 낳는 거예요."

나는 될 대로 되라는 심정으로 시원하게 말을 뱉었다. 혹여 재떨이를 집어던질까 봐 아빠를 예의 주시 하면서. 차라리 속 시원하게 재떨이라도 집어던졌으면 했다. 나는 숙청을 기다리는 죄인처럼 머리를 푹 숙인 채 아빠가 손날로 목을 내려치기만 기다렸다. 작두라도 있으면 갖다 바치고 싶었다.

"뭐? 못 낳아? 그기 또 무슨 말이고?"

아빠는 심각한 표정으로 담배를 하나 더 꺼내 물었다.

"제 몸에 문제가 있대요."

"뭐? 문제? 어디가?"

아빠가 한 걸음 다가왔다. 문제를 찾아서 손수 고쳐줄 것처럼. 청진기라도 가슴에 갖다 댈 태세였다. 나는 겁먹은 강아지처럼 한 걸음 물러섰다.

"정자요, 정자가 별로래요."

아빠의 얼굴에 물음표가 둥둥 떠다니기 시작했다.

나는 자초지종을 설명했다. 아이를 가지려고 부지런히 노력했는데 소식이 없어서 병원에 가봤더니 정자가 영 부실하다더라. 정자의 수가 부족하고, 그나마 있는 정자들도 비실비실해서, 난자를 만나지도 못하고 다 죽는다고. 그래서 임신이 쉽지 않다고. 의외로 말이 술술 잘 나왔다. 연습이라도 한 사람처럼. 배우처럼 짐짓 죽을상을 짓고 있는 내가 낯설게 느껴졌다. 여태껏 몰랐던 숨은 재능을 발견한 기분이었다. 연출의 반응을 살피려고 슬쩍 고개를 들었다.

아빠는 아직 다 태우지도 않은 연초를 담벼락에 비벼 끄더니 다시 하나를 꺼내 또 입에 물었다. 바람이 차가운데도 몸에서 열이 올라와 전혀 춥지 않았다. 나도 한 대 더 피우려고 담뱃갑을 뒤적거리자 아빠가 단호하게 말했다.

"당장 끊어라이. 니는, 담배는 앞으로 손도 댈 생각하지 마. 알겠나?"

"네."

"병원 어디고? 제대로 된 병원 맞나? 어떤 정신 나간 돌팔이 새끼가 그딴 소리를 해? 어? 어느 병원이냐고!"

아빠는 말하면서 점점 흥분했다. 목소리가 커지고 톤이 높아졌다. 아빠의 목소리가 마을로 퍼졌다가 메아리로 돌아왔다. 좋지 않은 징조였다. 당장이라도 병원을 찾아가 의사와 드잡이할 기세였다. 어디선가 닭 우는 소리가 들려왔다. 새벽에만 닭이 우는 건 아니다. 그래, 울고 싶을 때 우는 거지. 새벽이든 낮이든 야밤이든. 나도 닭처럼 목 놓아 울고 싶었다.

"와 말 안 하노? 어디냐고."

나는 대답할 수 없었다. 병원에 간 적이 없었기에.

"아부지, 진정하세요."

간곡히 말했지만 소용없었다.

"진정? 내가 지금 진정하게 생겼나? 설 명절에 이게 도대체 무슨 소리고? 조상님들이 아시면 뭐라고 하시겠노? 아니다. 그럴 리가 없다. 니가 내 아들인데. 우리 집안이 어떤 집안인데!"

솔직히 우리가 어떤 집안인지 잘 몰랐기에 가만히 있었다. 내 궁금증을 읽었는지 아빠가 일장 연설을 하기 시작했다. 말인즉슨 우리 집안엔 그렇게 부실한 인간이 여태껏 단 한 명도 없었다는 거였다. 서로 경쟁하듯 자녀를 가졌다고 했다. 듣도 보도 못한 육촌, 칠촌, 팔촌 얘기까지 나왔다. 그럼 나 하나 정도는 자녀가 없어도 되지 않을까. 물론 입 밖으로 내뱉진 않았다. 아빠는 그 자리에서 담배 다섯 개비를 내리 태웠다. 담배가 떨어져서 망정이지 아니었으면 계속 피웠을 테다.

"축하한다. 당신 할매 안 될 수도 있겠다이. 평생 할매 소리 안 듣고 젊게 살 수 있겠다고. 손주들 봐줄 걱정 안 해도 되고 용돈도 굳어서 얼마나 좋노. 축하드리오."

아빠는 자리에 앉지도 않고 소주만 잽싸게 털어 넘기더니 엄마에게 한마디를 남기고 방으로 사라져버렸다. 한우가 입에서 살살 녹는다며 즐거워하던 엄마는 어리둥절한 표정으로 우리를 바라보았다. 그리고 금세 울상이 되어 나에게 얼굴을 들이밀었다.

그 얘기를 또 하자니 숨이 막혀 술만 들이켰다. 대신 민서가 나서서 보험 영업 사원처럼 친절하게 설명했다. 어떻게든 사인이나 도장을 받아내기로 마음먹은 사람 같았다. 울먹울먹하던 엄마는 부모를 잃은 아이처럼 대성통곡하기 시작했다. 부모를 잃은 아이나, 손자 손녀가 없는 할머니나 슬픈 건 매한가지겠지. 엄마는 고개를 절레절레 흔들며 혼잣말을 반복했다.

"우리 웅이가 그럴 리가 없다. 우리 웅이가 그럴 리가 없어."

민서가 눈치 없이 어쭙잖게 위로했다.

"어머니, 괜찮아요. 저희 아이 없이도 행복하게 잘 살 수 있어요. 지금도 너무 행복하게 잘 지내고 있고요."

그 얘긴 엄마를 더욱 비참하게 만들 뿐이었다. 엄마는 소리 내어 울기 시작하더니 발을 질질 끌며 방으로 향했다. 손주를 잃은 슬픈 짐승의 뒷모습이었다. 다가가 엄마를 위로하고 싶었지만 그럴 수 없었다. 나는 힘겹게 2층으로 올라갔다.

*

다음 날 무슨 정신으로 제사를 지냈는지 모르겠다. 술잔을 채워야 할 때인지, 국에 밥을 말아야 할 때인지, 어떤 음식에 젓가락을 올려야 할지 헷갈려 우왕좌왕했다. 내가 사람인지, 귀신인지 분간이 되지 않을 정도였다.

아빠도 거의 넋이 나간 상태로 제사를 지내며 계속 중얼거렸다. 나를 잘 챙겨달라고 조상들에게 비는 것 같기도 했고, 어쩜 우리에게 이럴 수 있냐고 조상들을 나무라는 것 같기도 했다.

점심도 먹는 둥 마는 둥 해치웠다. 그 와중에 민서는 밥 그릇을 뚝딱 비웠다. 우리가 내려오기 전에 엄마가 미리 준비한 육전, 호박전, 고추전, 깻잎전, 배추전, 동그랑땡 등 각종 전을 가리지 않고 먹었다. 왠지 모르게 매우 얄미웠다.

차 시동을 걸 때까지 엄마는 신신당부했다. 술 당장 끊고 운동 열심히 하고 스트레스받지 말고 몸에 좋은 거 많이 먹고 새로운 부적을 곧 보낼 테니 잘 챙기라고. 나는 힘없이 고개를 끄덕이며 엄마를 안심시켰다. 사이드미러에 비친 엄마의 모습을 보자 순간 울컥해졌다. 엄마가 한없이 작아 보였다.

"자, 이제 북으로 진격하자."

내 마음도 모르고 민서는 대단히 들떠 있었다. 구찌를 둘러보고 프라다로 향할 때처럼.

"자기야, 우리 이렇게까지 해야 해? 이게 맞아?"

동네 어귀를 벗어나 길가에 차를 세우고 메마른 목소리로 말했다.

"갑자기 왜 그래? 이렇게 하기로 약속했잖아."

"약속한 건 맞는데. 이게 맞냐고."

나도 모르게 언성을 높였다. 우리가 타고 있는 작은 차가 몸을 부르르 떨 정도였다. 내 목소리에 당황한 건 오히려 나였다. 민서에게 이렇게 핏대를 세운 적이 있었나. 나는 대체로 민서의 말을 잘 따랐다. 민서가 먹고 싶은 걸 먹고 가고 싶은 곳을 가고 사고 싶은 걸 샀다. 아니, 사주거나 사게 내버려두었다. 설령 마음에 안 드는 부분이 있어도 꾹 참았다.

내가 가끔 싫은 티를 내면 민서는 곧잘 물었다. 사랑이 식었냐고, 이젠 자신을 사랑하지 않는 거냐고, 이렇게 예쁜 와이프를 버릴 거냐고. 끝없이 반복되는 뻔한 레퍼토리. 장난으로 물을 때도 있지만 진심으로 달려들 때도 있었다. 처음엔 고양이처럼 굴다가 종국엔 사자처럼 울부짖었다. 사랑하지 않는다고 하면 나를 갈기갈기 찢어놓을 것 같은 기세로. 이러다 정말 찢어질 것 같아서 항복하곤 했다. 돌이켜 보면 여태껏 만났던 사람 모두 하나 같이 이런 식으로 집요하게 나를 괴롭혔다. 이 질문이 지나치게 잦아지면 결국 헤어졌는데.

"오빠, 마음 약해지면 안 돼. 어머님, 아버님도 지금은 힘드시지만 금방 괜찮아지실 거야."

"우리 엄마, 아빠 썩은 얼굴을 보고도 그런 말이 나와?"

민서는 왜 갑자기 화를 내나며 째려봤다.

"참나. 이럴 거라고 예상도 못 했어? 이게 내 잘못이야? 나만 아이 생각이 없는 것도 아니고. 오빠도 없잖아."

"내 말은, 정말 이렇게밖에 할 수 없냐는 거야. 이게 최선이 맞긴 해?"

"답답하네 진짜. 우리가 하루이틀 논의한 것도 아니잖아. 그럼 어떡할 건데? 아이를 안 낳을 거라고 솔직하게 말씀드릴 거야? 그렇게 말씀드릴 자신이라도 있어? 그럼 그렇게 해. 어머님, 아버님이 뭐라고 하실지 나도 궁금하니까."

나는 핸들에 이마를 갖다 박았다. 빵! 하고 경적이 울렸다. 지나가던 동네 똥개가 짖어댔다.

나도 알고 있다. 다른 방법이 없다는걸. 넌지시 얘기를 꺼낸 적은 있다. 요즘에는 결혼 자체를 안 하는 사람도 많고, 애 없이 사는 부부도 많다고. 물론 부모님도 그 사실은 충분히 알고 있었다. 하루에도 몇 시간씩 뉴스를 보는 분들이니까. 하지만 그게 당신의 아들 이야기인 줄은 상상을 못 할 뿐이다. 아빠는 세상이 미쳐 돌아간다고 한탄했다. 우리 얘기인 줄 알았으면 아마 식탁 다리 하나가 부러지거나 문짝 하나가 날아갔을 테다.

아빠는 출산율이 떨어져서 우리나라가 망할 거라고 걱정

했다. 아빠가 그렇게나 대단한 애국자인지 여태 몰랐다. 얼마 내지도 않는 세금을 조금이라도 덜 내려고 갖은 방법을 알아볼 땐 언제고. 우리나라가 너무 잘사는 바람에 나 같은 흙수저는 애 낳기가 쉽지 않다는 말은 차마 할 수 없었다. 우리 집안이 가진 게 뭐 있나. 팔아봐야 얼마 되지 않는 시골집 말고는. 무쏘는 돈을 주고 팔아도 시원찮고.

"다 먹고살기 힘드니까 그렇죠."

"먹고살기 힘들기는! 나약해서 그렇다. 경제력이 문제가 아니고 정신력이 문제다, 이놈아. 우리나라가 지금 세계 10위권에 드는 경제 대국인데, 경제력이 문제라고? 행복에 겨워 요강에 똥이나 지리는 나약한 것들 같으니라고."

행복한데 왜 요강에 똥을 싸는지 의문이다. 말이 경제 대국이지, 개개인이 다 잘사는 건 아닌데.

"경제력만 최고가. 그 뭐고? 그 있잖아."

"어떤 거요?"

"그 가수 말이다."

"BTS?"

엄마가 귀신같이 맞췄다. 이럴 때 보면 확실히 금실이 좋은 부부다.

"그래! 우리나라가 이제 문화도 강국이라고. 전 세계 사람들이 BTS 노래를 듣고, 오징어 게임인지 문어 게임인지

하는 한국 드라마를 본다는데, 뭐? 먹고살기가 힘들어? 얼마나 더 잘살아야 아이를 가진단 말이고?"

아빠 얘기도 틀린 것만은 아니다. 우리나라가 지금보다 더 잘나갈 수 있을까. 하지만 엄밀히 따지면 우리나라가 잘나가는 거다. 우리 집이 그런 게 아니고. 그렇다고 밥을 굶을 정도로 찢어지게 가난한 것도 아니지만 상대적으로 보면 그렇다는 거다. 누나도 그렇고 나도 그렇고 대학 등록금은 학자금 대출을 받았고 우리가 취직해서 알아서 갚았다. 결혼할 때도 지원받은 건 없다. 이 또한 우리 집만 그런 건 아닐 테다. 하지만 그렇지 않은 집도 많지 않은가. 다 같이 가난할 땐 옆집 윗집 아랫집 동네 사람들 다 같이 힘드니까 괜찮다. 그러나 상대적으로 가난한 건 말이 다르다. 오히려 더 괴롭지 않나. 난 내 자녀가 그걸 느끼게 하고 싶은 마음은 추호도 없고. 빵빵하게 지원해주고 보란 듯이 키울 수 없다면 차라리…….

하고 싶은 말은 많지만 참았다. 얘기만 더 길어질 뿐이었다. 찰나의 정적을 견디지 못하고 엄마가 끼어들었다.

"아무리 힘들다 힘들다 해도 자기 자식 목구멍에 풀칠 못하는 부모는 없다."

그러면서 엄마는 친구의 손녀 사진을 스마트폰에서 대뜸 찾기 시작했다. 갑자기 그걸 왜 보여주는 건지. 당신 손녀도 아닌데 그 사진을 저장해놓고 수시로 본다는 거였다. 예쁜 아기 옷 사진도 많이 찾아두었다고 했다. 제발 그러지 말라고 해도 소용없었다. 엄마, 어차피 그런 옷 살 일 없어, 홈쇼핑에서 엄마 옷이나 사라고. 하지만 이렇게 말할 순 없는 일이었다. 엄마가 그토록 환하게 웃는 건 정말 오랜만이었기에.

장모님과 장인어른도 절대 물러설 분이 아니었다. 고리타분하기로는 우리 집 못지않았다. 젊었을 때 유도 국가대표 상비군까지 했다는 장인어른이 화를 내면 너무 무서웠다. 딸바보인 장인어른이 차마 민서에게는 화를 내지 못할 테고, 그 화를 나에게 푼다면…… 생각만으로도 아찔했다. 우린 오랜 고민 끝에 거짓말하기로 결심했다.

안 낳는 게 아니라 못 낳는 것으로.

마음 같아선 한 명 두 명도 아니고 셋, 넷, 다섯, 아니 열한 명까지 쑥쑥 낳아서 축구팀이라도 만들고 싶지만, 안타깝게도 몸이 따라주지 않는다는데 어쩔 것인가.

우리 집에는 내 핑계를 대고, 처가댁엔 민서에게 문제가 있다고 말할 작정이었다. 어차피 양가 어른이 서로 연락하는 일은 없었다. 막상 1차 작전을 수행하고 나니 마음이 너무 무겁고 착잡했다. 부모님에게 죄를 짓는 기분이었다.

"안 낳는다고 하면 우리의 전쟁은 영원히 끝나지 않을 거야. 하지만 못 낳는다고 하면 이번 전투 한 번이면 끝이야. 그러곤 우린 자유를 쟁취하는 거지."

민서가 옆에서 마음을 다잡아줬지만 큰 위안이 되진 않았다. 말없이 운전해 처가댁으로 향했다. 처가댁이 가까워지자 요동쳤던 마음이 좀 진정됐다. 엄마, 아빠도 시간이 흐르면 괜찮아지겠지?

"강지웅, 이젠 내 차례야. 나한테 맡기고 우리 남편은 편하게 먼 산 불구경이나 하세요."

정말 티끌만큼도 걱정이 안 되는 걸까. 철딱서니 없이 웃는 민서를 보니 어이가 없어서 나도 웃고 말았다.

"그래, 좀 웃어봐. 웃으니까 좋잖아."

"좋긴 뭐가 좋아?"

하지만 어쩐 일인지 웃음이 그치질 않았다. 우린 바보처럼 웃으며 처가댁 아파트로 진입했다. 명절이라 그런지 주차할 곳이 마땅치 않았다. 두 바퀴를 돌고서야 한 자리가 났다. 벤츠 사이에 모닝을 앙증맞게 밀어 넣었다.

장모님은 한 치 앞도 모르고 예쁜 딸이 왔다며 민서를 끌어안았고 장인어른은 기다렸다는 듯 바둑판을 꺼내 왔다. 오자마자 또 바둑이냐며 장모님이 만류했지만 장인어른은 재빨리 바둑돌을 만지작거렸다. 내가 바둑이라도 됐으니

망정이지 그마저 둘 줄 몰랐다면 우리 결혼은 쉽지 않았을 것이다.

　장모님과 장인어른은 처남이 이번에도 내려오지 않아 딸과 사위가 더욱 반가운 것 같았다. 서른이 넘은 처남은 아직 취직을 못 해 헤매고 있었다. 그렇다고 딱히 이것저것 알아보면서 야무지게 취업을 준비하는 것 같지도 않았다. 취직에도 연애에도 결혼에도 마음이 별로 없어 보였다. 민서 말로는 니트족이라고 했다. 우린 딩크족이고. 한 씨네가 서로 다른 종족을 낳았다면서 흥미로워했다. 아들이라도 좋은 사람과 결혼해서 떡두꺼비 같은 손주를 안겨주면 우리에게 오는 관심을 덜 수 있을 텐데. 친동생이었으면 붙잡아놓고 잔소리라도 하겠지만 민서가 알아서 하겠지 싶어 되도록 신경을 껐다. 그러고 보면 우리 집이나 처가댁이나 손주 보는 재미는 없을 듯하다.

　"강 서방, 오늘따라 유난히 집중을 못 하는군. 자네 무슨 일 있는가?"

　내가 맥없이 두 게임을 연거푸 내주자 장인어른이 걱정했다. 어렸을 때부터 바둑을 제법 뒀던 터라 장인어른과도 막상막하였지만 오늘은 길도 보이지 않고 형세도 가늠하기가 어려웠다. 바둑판에 부모님 얼굴이 아른거렸고, 곧 불어닥칠 일이 걱정돼 바둑돌도 몇 번이나 떨어뜨렸다. 고작

두 집을 내서 살아남는 것조차 버거웠다. 하긴 집을 가진다는 게 얼마나 힘든가. 하물며 자식들이 뛰놀고 무럭무럭 자랄 수 있는 넓은 집을 갖춘다는 게 가당키나 한 일인가. 그 생각에 다시 마음을 굳혔다. 오늘내일만 두 눈 딱 감고 버티자고, 처가댁만 잘 해결하면 된다고.

바둑을 접은 후 우린 장어를 굽기 시작했다. 탱크처럼 몸통이 아주 두꺼운 장어였다. 장인어른이 나에게 장어 먹고 힘 좀 쓰라며 대놓고 얘기했다. 그러곤 직접 내 앞접시에 장어를 올려주었다. 양심이 있지, 그 얘길 듣고 어떻게 장어가 목구멍으로 넘어가겠는가. 장어만 냅다 받아 처먹고 아이는 가지지 않으면 그야말로 '먹튀'가 아닐까. 먹튀 중에서도 최상급 먹튀일 것이다. 반면 민서는 장어를 소스에 찍어 생강, 마늘과 쌈을 싸서 야무지게 먹고 있었다. 맥주도 벌써 한 캔을 다 비운 상태였다.

이제 곧 작전을 개시해야 하는데 그게 넘어가니? 아님, 너도 도저히 맨정신으론 말을 못 하겠니?

나의 뜨거운 시선을 느꼈는지 민서가 나를 바라보았다. 그러곤 신호를 줬다. 일말의 망설임도 없는 눈빛이었다. 오히려 내가 결심이 서지 않았다. 너무 빠른 게 아닐까. 내일 아침에 얘기하면 되지 않을까. 하지만 민서의 또렷한 눈빛이 이렇게 말하고 있었다. 잠깐 바람 쐬고 와, 여긴 내가 알아서 깔끔하게 정리할 테니까.

젓가락을 내려놓고 전화를 받는척하며 밖으로 나갔다. 어디 갈 곳도 없고 처가댁 근처를 배회하며 시간을 보냈다. 민서는 초등학교에 들어가던 해에 이 동네로 이사를 왔다고 했다. 지금 이 집에서 초, 중, 고를 다 나온 셈이었다. 민서가 골목대장 역할을 하며 동네를 뒤집고 다녔을 걸 상상하니 웃기고 귀여웠다. 그런 아이가 자라서 결혼하고 자녀를 갖지 않을 결심을 하게 될 줄 누가 알았을까. 장인어른과 장모님이 큰 충격을 받으시면 안 될 텐데. 누구보다도 딸을 사랑하는 분들이기에 걱정이 앞섰다. 차라리 정면 돌파하는 게 낫지 않을까, 하는 생각이 또 고개를 쳐들었다.

하지만 민서의 말처럼 정면 돌파는 자폭과 다를 바 없었다. 장인어른이 욱하는 성격 때문에 상을 엎고 나도 엎어치기 할지도 모를 일이니까. 하긴 딸이 아프다는데 위로는 못 할망정 화를 낼 부모가 있을까. 손주고 나발이고 다 없어도 되니까 우리 딸만 건강하게 살면 된다. 이런 얘기가 오갔기를 기도하며 발걸음을 돌렸다.

예상했듯 장어의 열기는 온데간데없고 분위기는 차분히 가라앉아 있었다. 그런데 난데없이 장인어른이 애지중지하는 글렌피딕 40년산이 위풍당당하게 식탁에 올라와 있었다. 검색했는데 가격이 어마어마해 깜짝 놀랐던 바로 그

술. 누군가에게 선물로 받았다는데 장모님은 가짜임이 틀림없다고 확신했다. 무슨 일이 있어도 절대 개봉하지 않는다던, 죽을 때 그게 어디든 같이 넣거나 뿌려달라고 했던 술이었다. 이 술과 함께라면 저승길도 외롭지 않을 거라며.

"민서한테 얘기 들었네."

내가 의아한 얼굴로 글렌피딕을 바라보자 장인어른이 걸걸한 목소리로 말했다. 장인어른과 장모님 그리고 민서를 차례대로 바라보았다. 다행히 민서는 생각보다 표정이 밝았다. 아니, 살짝 미소를 머금고 있었다. 나라도 대신 사죄를 해야 할 것 같아 머리를 푹 숙였다.

"죄송합니다. 장인어른."

"죄송하긴 뭐가 죄송해. 자, 한잔하게나. 자네도 내가 이 술을 얼마나 아끼는지 잘 알 걸세. 이 소중한 걸 자네에게 주는 것이니 힘내게."

장인어른이 그 비싼 술을 내 잔에 채워주었다. 나는 떨리는 손으로 조심스레 잔을 받았다. 잔을 떨어뜨리거나 술을 흘려선 안 될 일이었다.

"당신은 왜 갑자기 술을 권하고 그래? 당장 끊어도 시원찮을 판에."

장모님이 만류하자 장인어른이 목소리를 높였다.

"우리 사위가 고장이 났다잖아."

네?

"고장 난 사위한테 술 좀 준다는데 무슨 문제라도 있어?
보약보다 더 좋은 게 바로 이 술이야. 고장 난 곳도 금세 다
고쳐질 걸세. 자, 이거 마시고 기운 좀 내세."

고장이요? 저요? 고장 난 사람이 있다면 제가 아니고 민,
서…….

나는 잔을 고이 들고 민서를 쳐다보았다. 민서가 장어 한
점을 입에 쏙 밀어 넣으며 씨익 웃었다.

아…… 와…… 후…….

한숨이 터져 나왔다. 처가댁에는 네 몸에 문제가 있다고
말하기로 약속하지 않았니? 처음부터 이럴 생각이었던 걸
까. 민서에게 완벽하게 당했다. 졸지에 나는 고장 난 사위
가 되고 말았다. 태엽이 고장 난 시계도 아니고. 태엽을 감
아 시간을 이틀 전으로 되돌리고 싶었다. 순진하게 민서의
말을 믿은 내가 바보지. 역시 적보다 무서운 건 사악한 사
령관이다. 디데이라며 소리칠 때 속으로 딴생각하고 있었
을 민서를 생각하자 배신감에 치가 떨렸다. 눈을 질끈 감고
그 아까운 술을 단번에 털어 넘겼다.

"그래, 오늘은 다 잊고 마시자고. 이 좋은 술로 깨끗이 청
소하고 새롭게 시작하면 되는 거야. 술이 오장육부를 어떻
게 지나가는지 온몸으로 느껴보게나. 자, 마시세."

어딜 어떻게 청소하라는 말씀일까. 장인어른이 또 잔을 채워줬다. 민서도 한 잔 달라면서 덧붙였다.

"아빠, 우리 웅이가 너무 착해서 그래. 회사에서도 사람들 얘기 다 들어주고, 속얘기는 하지도 못하고. 꾹 참기만하니까 스트레스가 쌓이는 거야. 스트레스가 만병의 근원이라잖아."

내 스트레스의 주범이 다름 아닌 너라는 건 알고 있지? 내가 노려보자 민서가 윙크하며 잔을 부딪쳤다. 장모님은 그러기에 남편 좀 잘 먹이고 잘 챙겨주라며 민서를 나무랐다. 그냥 가만히 들으면 될 것을, 민서는 엄마도 아빠를 챙겨주지 않으면서 자기한테만 그러냐고 따졌다. 장모님도 가세해 글렌피딕을 들이부었다. 진짜 40년산인지는 모르겠지만 이 비싼 술을 우린 40분 만에 해치웠다. 오래도록 이 기념비적인 날을 잊지 못할 것 같았다. 아니, 잊어선 안될 일이었다.

집에 돌아온 민서는 달력에 붉은색으로 표시하고 드디어 해방이라고 노래를 불렀다. 앞으로 매년 이날엔 양주를 마시며 기념하자고 했다. 글렌피딕 40년산은 힘들어도 12년산이나 15년산 정도는 충분히 마실 수 있지 않냐며.

"자기는 남편을 바보로 만들어놓고도 기분이 좋아?"

나는 아직 속이 부글부글 끓었다. 그럼에도 민서에게 너라고 하지 않고 자기라고 부른 나의 인내심에 새삼 감탄했다. 너라고 부르면 민서가 노발대발하니까.

천방지축에 말괄량이인 건 잘 알겠는데 이건 좀 아니지 않은가. 부부 사이엔 신뢰가 중요하다면서 뒤통수를 때리는 건 항상 민서였다.

"아직 화가 안 풀린 거야? 남자가 쪼잔하게 왜 그러냐?"

"남자 여자 그런 게 어딨어? 자기가 약속을 어긴 건 맞잖아. 장모님이랑 장인어른이 나한테 얼마나 실망하셨겠냐고. 그리고 두 분이 또 얼마나."

장모님과 장인어른이 친지들에게 사위가 고장 난 사실을 떠벌리고 다닐 생각을 하자 얼굴이 화끈거렸다. 아니 글쎄, 사위가 고장이 났다니까, 어째 좀 부실하다곤 생각했는데…… 두 분은 그러고도 남을 사람이었다. 사실이 아니라서 더 억울했다. 나를 한심하고 딱하게 쳐다보던 장인어른의 눈빛이 잊히질 않는다. 내 얼굴이 시뻘게지자 민서도 태세를 전환했다.

"웅아, 진짜 미안해. 처음부터 그럴 생각은 절대 없었어. 말하려고 하는데 갑자기 어렸을 때 아빠가 민준이를 업어치기 했던 게 불현듯 떠오르는 거야. 웅이 너도 한번 봤으면 좋았을 텐데. 딱지 뒤집듯 이리 뒤집고 저리 뒤집는데 난리가 난리도 아니었어."

"그게 왜 생각나?"

"혹시 아빠가 나를."

"딸이 그렇다는데 업어 치기를 할 아빠가 세상에 어딨어?"

"우리 아빠 한 성격 하는 거 잘 알잖아."

"그래서 내 핑계를 댔다?"

민서가 입을 샐쭉 내밀며 다가오려고 했다. 이 와중에 귀여운 척으로 본질을 흐리려고 하다니. 뒷걸음질로 소파에 앉았다. 민서가 따라왔고 나는 침대방으로 도망쳤다. 이 좁은 집구석에선 도망갈 곳도 마땅치가 않다. 어느 방향이든 서너 걸음이면 벽이나 창과 마주할 수밖에 없는 운명이다. 민서가 문 앞에 서서 불쌍한 표정을 지었다.

"생각해봐. 내 몸에 문제가 있어서 아이를 가질 수 없다고 하면 부모님이 얼마나 슬프겠냐고. 나를 얼마나 사랑하는데. 애지중지 키운 거 오빠도 잘 알잖아."

너라고 했다가 오빠라고 했다가 웅이라고 했다가 아주 제멋대로였다.

"한민서. 그럼 우리 엄마, 아빠는 나한테 문제가 있다는데 안 슬프시겠냐?"

내가 소리를 버럭 지르자 공기가 달라졌다. 아마도 이 집에서 내 목소리의 데시벨이 가장 높은 순간이었을 테다. 아차, 이러면 전세가 역전되는데. 아니나 다를까 민서는 세상에서 가장 억울한 표정으로 울먹거렸다. 누가 보면 내가 바람이라도 피운 줄 알 것이다.

"그래서 어쩌라고? 지금이라도 양가에 전화해서 사실은 내 몸에 문제가 있다고 말씀드리면 속이 시원하겠어?"

그러더니 문을 쾅 닫았다. 망했다. 이젠 내가 할 수 있는 건 두 가지뿐이다. 지금 바로 빌거나 내일 빌거나. 아직 사흘까지 끌어본 적은 없다. 만약 오늘도 내일도 사과하지 않으면 어떻게 될까. 문득 궁금하긴 했으나 나는 이런 분위기를 견디는 성격이 못 되었다. 집이 좀 넓기라도 하면 모르겠는데 10평 남짓의 이 집에선 누가 어디서 무얼 하는지 다 알 수 있다. 심지어 윗집, 옆집 사정도 충분히 짐작할 수 있는 수준이다.

이번엔 정말이지 사과하고 싶지 않았지만 한 시간을 채 버티지 못하고 방문을 열었다. 민서는 소파에 누워 있었다. 불도 켜지 않은 채로. 어둠을 헤치고 다가갔다. 그리고 거의 빌었다. 거의라고 밝히는 건 바짝 엎드리진 않았기 때문이다. 무릎을 꿇은 것도 편 것도 아닌 어정쩡한 자세. 최소한의 자존심은 지키고 싶었다. 안타깝게도 이내 다리가 후들거려 결국 무릎을 꿇고 말았지만.

그날 밤 우린 테트리스를 했다. 소파에서, 콘돔을 끼고.

민서는 섹스를 테트리스라고 불렀다. 우리 둘만 아는 암호라며. 잘 맞는 날에는 세상에서 사라지는 기분이 든다나 뭐라나. 퍼즐의 아귀가 딱 맞는 모습이 성행위를 연상시킨다며 좋아하는 유치한 아이들이 있긴 했었다. 대체로 정신 없는 남자 꼬마들이 그랬는데, 내 아내의 수준이 딱 그렇다고 생각하니 비참했지만 아내가 그러자는데 내가 어쩌겠는가. 테트리스를 암호로 쓸 수밖에.

민서는 가끔 잘 안 맞는 날에는 있는 대로 짜증을 부렸다. 조이스틱이 말을 잘 안 듣는다면서. 너무 굴욕적이라 차마 더는 입에 담을 수도 없다. 부부 사이에도 성추행이 적용된다면 민서는 최소 무기징역이다. 혹시 모를 미래에 대비해서 지금이라도 녹음을 해놓는 게 좋을지 고민이다.

분명히 그럴 기분이 아니었는데 어쩌다가 일이 그렇게 흘러갔는지 알다가도 모르겠다. 확실한 건 민서가 먼저 달려들었고 나는 내 몸을 내어주었다. 언제나 그랬듯. 가족끼리 그러는 거 아니라고 말하는 사람들을 이해할 수 없었는데, 이제야 그 뜻을 좀 알 것 같기도 하다. 이 얘기는 민서에겐 비밀이다. 그랬다가는 정말 이 세상에서 감쪽같이 사라질 수도 있으니까.

*

　억울하고 분한 마음은 침전물처럼 서서히 가라앉았다. 나흘 정도 지나자 차라리 잘된 일이라는 생각마저 들었다. 민서와 나, 둘 다 그런 것보단 모양새가 나으니까. 행여 훗날 양가 어른들이 또 만나게 된다면 얼마나 골치가 아플까. 당신 딸이 문제다, 네 아들이 고장이 났는데 무슨 소리냐, 하고 왈가왈부할 일은 없어졌다. 나 혼자 희생함으로써 깔끔하게 정리할 수 있다면 못 할 일도 아니다.

　"웅아, 우린 GG 선언을 한 거야."

　민서는 저녁을 먹다가 말고 난데없이 스타크래프트 얘기를 했다. 게임에서 패배를 인정할 때 'Good Game'을 줄여서 'GG'라고 말하곤 하는데, 우리가 그걸 해낸 거라고.

　연애 초창기에 술을 마시고 민서와 PC방에서 스타크래프트를 한 적이 있었다. 둘 다 할 줄 아는 게임을 찾아 거슬러 올라가 보니 그것뿐이었다. 도대체 몇 년 만에 하는지 알 수도 없었지만 당연히 내가 이길 줄 알았다. 하지만 결과는 참패였다. 술 핑계를 대고 다음에 맨정신으로 다시 도전했지만 민서의 하드코어 질럿 러시를 당해낼 수 없었다. 그 단순하고 무식한 플레이에 나는 놀아났다. 민서의 질럿들이 나의 드론들을 유린하는 걸 넋 놓고 지켜봐야 했다.

실실 웃으면서 쉴 새 없이 손가락을 움직이던 민서의 옆모습을 잊을 수가 없다. 자존심이 무척 상했으나 민서의 집요하고 무차별한 공격, 현란한 손놀림에 반한 건 사실이다.

애인이랑 게임을 하면 봐줄 법도 한데 민서는 그런 게 없었다. 피도 눈물도 없는 진격, 잔인한 말살, 혼을 빼놓는 농락. 그런 점이 오히려 마음에 들었달까. 이 여자라면 나를 잘 이끌어줄 수 있으리라 생각했던 것 같다. 민서도 자신이 나를 다 먹여 살릴 터이니 걱정하지 말라고 했다. 한강이 보이는 아파트에서 살게 해주겠다고, 남자는 그저 아내 말 잘 듣고 얌전히 지내면 된다고. 성격 있는 엄마와 누나 밑에서 자란 나는 이상하게도 이런 여자에게 끌렸다. 내가 이끄는 것보단 끌려다니는 게 익숙하고 편하다고나 할까. 물론 이리저리 끌려다니다 보면 화가 나는 일도 부지기수였다. 그런데 또 정신을 차려보면 졸졸 따라다니고 있었다.

"GG 치는 게 뭐가 좋아?"

"마음이 편하잖아. 깔끔하게 패배를 인정하고 나가면 끝이니까."

민서가 젓가락을 살포시 내려놓았다.

"자기는 지는 거 정말 싫어하잖아. 그리고 나랑 할 때는 다 이기지 않았니?"

민서가 짐짓 놀란 표정을 지었다.

"봐준 거 아니었어? 너무 못하던데?"

얘가 또 사람 놀리네.

"봐줬지. 나한테 지면 자기가 슬퍼할까 봐. 암튼 지는 것보단 이기는 게 좋잖아."

"그거야 당연하지. 그런데 졌다는 느낌이 들 때가 있잖아. 누구보다도 그걸 잘 아는 사람이 바로 나 자신이고. 그럼 난 뒤돌아보지 않고 포기하고 새로운 게임을 하는 게 좋아. 안 되는 걸 어떻게든 이겨보겠다고 궁상떠는 건 딱 싫어."

이 얘기를 왜 하는 걸까 싶어서 잠자코 있었다.

"우리가 부모님을 설득할 수 있을 것 같아? 애 안 가질 거라고? 노, 네버, 그건 불가능해."

민서가 검지를 좌우로 까딱거렸다.

"왜냐, 우리 부모님은 포기를 안 하실 거니까. 볼 때마다 전화할 때마다 다시 생각하라고 다그칠 테고 우린 끝없이 시달릴 거야. 어머니는 친구분 손주 사진을 실시간으로 보내실 거고, 엄마는 TV에 나오는 예쁘고 깜찍한 아이들을 보며 딸에게 전화를 걸겠지. TV도 연예인 자식들 나오는 것만 맨날 보실 테고."

엄마의 사진첩에 저장되어 있는 아기 옷들이 떠올랐다. 우리가 아이를 가진 것도 아닌데 벌써부터 왜 저러고 있는 걸까.

"방송사에 민원이라도 넣어볼까."

내가 애꿎게 방송사 탓을 했다.

"굳이 그럴 필요가 있어? 이젠 다 끝난 게임인데. 우린 이미 게임을 포기했다고 선언한 거라고. 키보드랑 마우스가 없다는데 게임에 집중하라고 할 사람이 누가 있겠어."

키보드는 뭐고, 마우스는 또 뭘까? 민서는 자신의 승리, 아니 패배에 도취해 흐뭇하게 웃었다. 괴로워하던 엄마와 나더러 고장이 났다고 하시던 장인어른의 모습이 허공에 스쳐 지나갔다.

"그래도 찜찜해. 거짓말한 게. 부모님들께 죄송하고."

"강지웅 씨, 그렇게 말하면 나는 뭐가 돼? 나만 나쁜 년이야?"

"그런 뜻이 아니라."

"혼자 효자 놀이 그만하세요."

그래, 어차피 나는 불효자다. 부모가 손주를 보며 행복해할 권리를 앗아간 불효막심한 아들이니 효자인 척할 자격도 없다. 엄마, 아빠도 감나무 밑에서 손주가 자라는 모습을 무척이나 보고 싶을 텐데. 손주들과 손잡고 앞마당을 거닐고 감나무에서 감을 따고 실개천에서 물놀이도 하고 놀이동산에도 가고…… 손주가 어떤 선물을 좋아할지 고민 또 고민하고⋯⋯.

　누나도 앞으론 결혼할 생각이 전혀 없는 것 같고 나도 아이는 글러먹었다. 그 생각을 하면 마음이 무거워진다. 이 얘기를 했다가 민서한테 크게 혼났다. 부모님 때문에 아이를 가지는 것만큼 한심하고 멍청한 인간들이 어디 있냐며 흥분했다. 손주만 안겨주면 효도하는 거냐고, 다른 방식으로 얼마든지 효도할 수 있다고. 그렇다고 민서가 딱히 효도하는 것 같진 않지만.

　우리 부부가 자녀를 갖지 않고 딩크족으로 살아가자고 합의한 건 결혼하고 얼마 지나지 않았을 즈음이다.

　결혼하기 전까지만 해도 나는 당연히 아이를 가진다는 쪽에 속했다. 아니, 아무런 생각이 없었다는 편에 가깝다. 남자라면 누구든 적정한 나이에 결혼해서 아빠가 되는 게 당연하다고 여겼지, 그걸 진지하게 고민한 적은 없었다.

　그 문제를 심각하게 곱씹은 건 신혼집인 이 집에 들어와서였다. 10평 남짓의 오피스텔에 살림을 꾸리고 보니 아이의 공간이 보이지 않았다. 우리 부부 둘만으로도 복작거리는데 아이까지 가세하면 답이 없을 것 같았다. 특히 나는 운이 좋게도 어렸을 때 마당까지 있는 넓은 집에서 자라서인지 내 자녀 또한 그런 곳에서 키우고 싶었다. 서울에서 마당 있는 집까진 어려워도 적당한 평수의 아파트는 가능하지 않을까 근거 없이 믿었다. 시간이 흐르고 어른이 되면 누구나 아파트 한 채 정도는 자연스럽게 손아귀에 쥘 수 있을 거라고.

하지만 아파트는커녕 월세 오피스텔도 감지덕지했다. 서울에 온 이후 줄곧 고시원과 단칸방을 전전했다. 엘리베이터가 있는 집에, 방이 두 개인 집에 사는 게 기적처럼 느껴질 때도 있었다.

그렇다고 나의 20대가 지나치게 어둡기만 했던 것은 아니다. 고시원과 반지하도 적응하면 살만했다. 예민한 성격이 아니라서 시끄러워도 잠만 잘 잤다. 변태 같지만 옆방에서 들려오는 소리를 조용히 듣는 게 은근히 재미있기도 했다. 박자, 음정 다 따로 노는 노래를 들으며 덩달아 콧노래를 흥얼거렸고, 누군가와 전화하는 소리를 들으며 나도 모르게 스마트폰을 매만졌으며, 이유는 알지 못하지만 구슬프게 우는 소리에 괜히 울적해졌다. 가끔은 다 들리게 자랑하듯 사랑을 나누는 인간들도 있었다. 그땐 내가 뭘 했는지는 굳이 말하지 않겠다. 암튼 혼자 살지만 혼자 사는 게 아닌 그 공간은 나름의 매력이 있었다. 이런 얘기를 하면 민서는 자기 합리화가 오지다며 혀를 찼다.

"그래서 지금도 계속 그런 곳에서 살고 싶니? 아니면 이 집에서도 애를 키울 수 있다는 얘기가 하고 싶은 거니?"

물론 다시 예전으로 돌아가고 싶은 마음은 추호도 없다. 자녀를 어려운 환경에서 키우고 싶은 생각은 더더욱 없고.

부모님에게 은근슬쩍 이런 얘기를 했다가 잔소리만 귀가 따갑도록 들었다. 엄마는 어렸을 때 방 하나에 칠 남매가 함께 뒹굴었다고. 아빠도 가세해 옛날 사람들은 전쟁통에도 애를 낳고 길바닥에서 키웠다고 거들었다. 그건 그때 얘기고 지금은 다르다고 말해봤자 씨알도 먹히지 않았다.

그러고 보면 지금 세대는 부모 세대보다 못사는 첫 번째 세대가 될 거라는 말이 일리가 있는 듯하다. 우리 할아버지 세대는 전쟁통에 길바닥에서 아이를 키웠지만, 우리 부모 세대는 그보다는 나은 환경에서 자녀를 돌보았다.

하지만 우리 세대는?

만약 나에게 아이가 생긴다면, 녀석은 나보다 잘살까 못 살까? 비록 나는 오피스텔에서 자녀를 키우지만, 내 자녀는 아이를 어디서 키우게 될까? 새삼 궁금해지는데 이 호기심 때문에 자녀를 가질 순 없는 노릇이다.

어쨌든 아이를 키우려면 지금보다 적어도 두세 배는 넓은 집에서 살아야 할 것 같은데 그 길은 요원해 보였다. 일단 민서는 빌라를 극도로 싫어했고 큰돈이 아파트 전세 자금으로 들어가 묶이는 것 또한 용납하지 않았다. 그 돈을 가만히 내버려두지 못하고 끊임없이 굴리고 뭔가를 사고…… 마이너스 통장까지 뚫어서 투자한다는데 그냥 놔두었다. 나는 투자엔 전혀 관심이 없고 둘 중 한 명이라도 해야 한다면 민서가 하는 게 맞았다.

이렇게도 생각해보고 저렇게도 생각해봤지만, 결론은 변하지 않았다. 아이는 가지지 않는 게 좋을듯했다. 그게 합리적이었다. 아이를 가지려고 발버둥 치고 싶지도 않았다. 민서와 둘이 지내는 것도 꽤 즐거웠다. 돌아서면 사고를 치는 민서를 챙기다 보면 심심할 틈도 없었고 사실상 애를 키우는 기분이었다.

반면 민서는 나와는 이유가 사뭇 달랐다. 민서는 결혼하기 전부터 아이 생각이 없었다. 연애할 때도 그런 얘기를 곧잘 했었다. 그때도 난 별다른 반응을 보이지 않았던 것 같다. 아무 생각이 없었거나 나 또한 민서의 말에 암묵적으로 동의하고 있었던 게 아닐까. 다른 걸 다 떠나서 민서는 아이를 좋아하지 않았다. 식당이나 기차에서 다른 집 아이들이 시끄럽게 구는 걸 질색하고 싫어했다. 일찍 결혼해서 엄마가 된 친구들이 단톡방이나 인스타그램에 아이 사진을 올리면 하나도 안 귀여운데 왜 올리는지 모르겠다고 투덜거렸다.

"자기 눈에만 예쁘지. 내가 보기엔 개 닮아서 진짜 못생겼던데. 들창코가 딱 엄마야. 걔가 코 수술해서 지금은 그나마 볼만하지. 고등학생 땐 정말."

"자기 자식은 눈에 넣어도 안 아프다잖아."

"웃기고 있네. 막상 넣으면 눈에서 끄집어내려고 야단법석일걸."

"말이 그렇다는 거지."

설마 자기 자식마저 싫어하진 않겠지만 민서는 엄마가 되기엔 정말 바쁘고 하고 싶은 게 너무 많았다. 자녀를 위해 그 많은 걸 포기할 생각은 눈곱만큼도 없어 보였다. 민서는 자기 인생의 주인공이어야 했다. 누군가의 조연일 순 없는 것이다. 남편인 나는 말할 것도 없고 심지어 자녀조차도. 한 인간의 욕망이 어쩜 이렇게 다양한 층위에서 어느 것 하나 부족하지 않게 폭발할 수 있는지 감탄할 정도였다.

요약하면, 민서는 남이 하는 건 다 해야지 직성이 풀리는 스타일이었다. 그래서 욕망의 대상이 주기적으로 바뀌었다. 어떤 것에 꽂히면 지독하게 파고들다가도 어느 순간엔 지겹다며 손을 놓았다. 그리고 또 다른 걸 찾아 몰두했다.

난 민서가 자신의 욕망을 하나둘 채워가는 모습을 지켜보는 것만으로도 배가 불렀다. 일종의 대리만족이라고나 할까. 가끔은 이 사람의 열정에 혀가 내둘러졌다. 신기하기도 하고. 어쩜 지치지도 않고 계속 땔감을 찾아 때는지, 용광로가 따로 없었다.

정작 민서는 여전히 배고픔에 허덕이고 있었다. 밑 빠진 독에 물을 붓는 것처럼 아무리 채우고 채워도 부족했다. 가끔 제풀에 지쳐 힘들어하는 민서를 위로해주고 엉덩이를 두들겨주는 게 내 역할이었다. 하지만 응원은커녕 엉덩이를 발로 뻥! 차고 싶은 날도 있기 마련이었다.

*

"요즘 같은 환절기엔 뭘 입어야 할지 고민이 많으시죠? 아침저녁으론 춥고 낮엔 따뜻해서 감기에 걸리기 딱 좋은 날씨인데요. 오늘은 저와 함께 패션도 잡고 건강도 챙기는 봄철 환절기 코디법에 대해 알아보도록 해요."

화장실에서 볼일을 보다가 알고리즘에 이끌렸다.

토끼 가면에 토끼 귀 모양의 머리띠를 쓴 여자가 토끼처럼 총총거리며 밝은 목소리로 얘기한다. 급하게 볼륨을 죽이고 토끼를 지켜본다. 환절기 패션 따위엔 눈곱만큼도 관심 없지만 토끼가 무얼 할지 궁금하다. 토끼가 입고 있던 코트를 벗더니 하늘색 체크무늬 셔츠의 단추를 거침없이 푼다. 침을 꼴깍 삼킨다.

와우, 오호라, 이거지.

사무실에서 틀었으면 큰일 날 뻔했다. 항상 후방을 조심해야 한다고 또 깨닫는다. 토끼가 베이지색 면바지를 벗어 행거에 건다. 눈 깜짝할 사이에 토끼는 속옷만 걸치고 있다. 검은색 팬티와 브래지어. 굴곡진 몸매가 기가 막힌다. 뭐라고 하는지 모르겠지만 토끼가 속옷 차림으로 계속 재잘거린다. 자막이라도 정성껏 달아주고 싶다. 토끼가 옆에 세워둔 이동식 행거에서 옷을 고른다. 청바지에 스웨터를 입더니 마치 모델처럼 카메라를 향해 걸어온다. 샤넬 가방을 들고서. 어색한 워킹마저 귀엽다. 이런 식으로 환절기 패션을 알려주는 컨셉인 것 같다.

참, 친절하기도 하지.

그런데. 어쩜 이리도 눈에 익을까.

토끼가 걸치고 있는 옷, 행거, 소파, 스탠드 조명, 벽걸이 TV, 뱅갈고무나무, 회전 책장…… 사무실 같진 않고 누군가의 집 거실처럼 보이는데, 좁아서인지 한 화면에 다 담긴다. 마치 우리 집 같다. 정말 비슷하다. 한쪽으로 기울고 있는 뱅갈고무나무마저 닮았다. 그리고 토끼도…….

민서와 몸매가 유사한데?

나는 영상을 앞뒤로 점프하면서 살펴보았다. 10분 남짓의 영상에서 토끼는 옷을 세 번 벗었다가 다시 입었다. 볼수록 토끼가 아내 같다. 키도 비슷하고 손동작과 제스처가

딱 민서다. 그리고 쇄골! 아니 치골(나는 매번 치골을 쇄골로 착각해서 민서에게 잔소리를 듣는다) 언저리에 자리 잡은 문신도 보인다. 화면을 확대한다. 탐정이 된 기분이다.

은밀한 곳을 겨냥하고 있는 권총 문신은, 민서의 것이다.

잡았다, 요 녀석!

저 권총이라고 말할 것 같으면 바로, 민서가 전 전 전 남자 친구인지 전 전 전 전 남자 친구인지와 사귈 때 새긴 문신이다. 이름도 모르는 그 자식은 오른쪽 치골 위에 도넛을 그렸다고 했다.

"도넛? 던킨도넛 할 때 그 도넛?"

권총과 도넛이라. 은유라고 하기엔 수준이 너무 낮았다. 보나 마나 유치하고 한심한 자식일 게 틀림없었다. 차라리 노골적으로 권총집을 새기지, 하고 혼자 생각했다. 그 당시 현 남자 친구였던 나에게 굳이 이런 사실을 알려주는 저의가 도대체 뭔지 의아하기도 했다. 내가 시기 질투라도 하길 바라는 건가. 하필이면 총구가 그쪽을 향해 있어 확실히 시선을 사로잡는 건 사실이었다. 어떤 놈이 그렸는지 모르지만 참 단순하다. 저딴 걸 그려주고도 만족했을까. 돈 주고 그려달라고 한 인간이나 돈 받고 그린 놈이나.

그런데 나는 이 유치한 놈들의 장난질에 놀아났다. 권총을 볼 때마다 민서의 권총을 처음 핥은 인간, 그리고 그 권총에 키스를 퍼부었을 다음 남자 친구들의 모습이 상상됐다. 민서가 거길 빨아주는 걸 좋아했기에 틀림없이 그 인간들도 하나같이 클라이밍하듯 매달렸을 텐데. 내가 그곳을 애무할 때마저도 민서는 스쳐 간 남자들을 떠올리고 있는 건 아닌지 조마조마했다. 테트리스를 하다가 권총이 시야에 들어오면 별의별 생각이 다 들었다. 왜인지 모르겠지만 너무 흥분한 나머지 아직 그럴 때가 아닌데 그만 방아쇠를 당기고 죽어버린 날도 있었다.

마지막 단서를 확인하기 위해 소리를 키웠다. 평소 민서의 목소리와는 사뭇 달랐지만 모기처럼 앵앵거리는 게 딱 민서였다. 직장 동료나 어색한 친구와 대화할 때 주로 나오는 목소리 톤이었다. 유튜브 채널도 새롭게 만든듯했다. 토끼 영상은 이 채널의 첫 번째 영상이었다. 영상을 올린 지 하루가 채 지나지 않았는데 조회수가 3,000을 향해 무서운 속력으로 달려가고 있었다.

채널명은 '래빗 다이어리'였다.

"유튜브를 해야겠어."

반년 전 어느 일요일 아침, 민서가 베이글에 크림치즈를 야무지게 바르며 선언했다. 나는 커피 한 모금을 마시며 고개를 끄덕였다. 전혀 놀라운 일이 아니었다. 나는 싸이월드 이후로 SNS를 끊었지만 민서는 시기마다 유행하는 SNS를 직접 해봐야 직성이 풀리는 편이었다. 한번 시작하면 열성을 다해 운영했고 인기를 누리는 것에 자부심을 느꼈다. 그런 민서가 유튜브에 손대는 건 시간문제였다. 오히려 이제야 하겠다는 게 의아했다.

하지만 민서의 유튜브는 생각만큼 인기를 끌지 못했다. 공들인 노력에 비해 결과는 처참했다. 반년 동안 꾸준히 영상을 올렸지만 구독자 100명을 넘기지 못하고 있었다. 가족과 친구와 직장 동료를 강제로 구독시키고 "구독, 좋아요, 알림 설정"을 수백수천 번 넘게 떠들고 다녔는데도 그 지경이었다. 그럴 수 있다면 계정을 수백수천 개라도 만들어서 구독도 해주고 좋아요도 눌러주고 싶었다.

인스타그램이랑은 차원이 다르다며 민서는 고개를 절레절레 저었다. 조회수는 100을 넘기는 경우가 거의 없었고 가장 적게 나온 건 올린 지 한 달이 넘었는데 여태껏 4였다. 민서, 나 그리고 나머지 둘은 누굴까. 장모님? 장인어른? 엄마? 아빠? 이분들만큼은 꾸준히 영상을 봐주리라 생각했는데 최소 두 명은 보지 않은 게 틀림없었다.

딱 하나, 동네 카페에서 커피를 마시면서 찍은 영상만 조회수 1만을 넘겼다.

"이제 됐어!"

1만을 넘기는 순간 민서는 힘차게 외쳤다. 아르키메데스도 목욕하다가 이렇게 유레카를 외치지 않았을까. 민서는 그 영상을 붙잡고 한동안 분석에 분석을 거듭했다. 이런 열정이라면 금방이라도 알고리즘 전문가가 될 것 같았다. 그 카페는 유명하지도 않고 커피가 딱히 맛있는 집도 아니었다. 내가 보기엔 알고리즘의 신께서 불쌍한 중생을 어여삐 여기시어 손길을 한번 내밀어준 것에 불과했지만 민서는 분명히 특별한 이유가 있을 거라며 매달렸다.

　그 이후 비슷한 컨셉으로 영상 몇 편을 더 올렸으나 안타깝게도 모두 조회수 100의 문턱을 넘지 못했다. 내가 수십 번 클릭한 게 몇 번이나 조회수에 반영되었을지 궁금하다. 그걸 제외하면 아마도.

　민서는 점점 의기소침해지며 자신감을 잃어갔다. 영상도 뜨문뜨문 제작하고 게시했다. 나는 앞에선 독려하는 척했지만 내심 민서가 유튜브를 그만뒀으면 했다. 퇴근하고 푹 쉬고 싶은데 영상 제작에 스태프로 동원되는 게 여간 귀찮은 일이 아니었다. 혼자 알아서 하면 좋겠건만 시도 때도 없이 남편을 부려먹었다. 주말은 유튜브로 시작해서 유튜브로 끝났다. 이렇게 또 하나의 교훈을 얻었다. 투잡은 아무나 하는 게 아니라는 사실을.

　민서가 시키는 대로 촬영, 음향, 조명, 소품 등을 담당했다. 사실상 내가 거의 다했다고 보면 된다. 출연도 시키려는 걸 극구 거부해서 손이나 팔 정도만 나오는 것으로 합의했다. 그조차도 잔소리를 얼마나 해대는지 매우 피곤했다.

"진짜 손이 왜 이렇게 못생겼어? 아니, 손등이 위로 오게 하라고. 손바닥 말고 손등! 자, 봐. 이렇게 하라고. 알겠어?"

민서가 어금니 꽉 깨물며 타박했을 땐 어찌나 서러운지 눈물이 찔끔 흘러나올 정도였다. 온종일 유튜브 얘기만 듣는 것도 괴로웠다. 회사에서 빅데이터 소리를 듣는 것만큼 싫었다. 회사에선 기승전'빅데이터'였다. 데이터도 얼마 없는 '좆소기업'에서 빅데이터 운운하는 걸 듣고 있으면 장이 꼬이는 기분이었다. 작은 데이터라도 잘 관리할 수 있게 시스템부터 구축해달라고 혈서라도 쓰고 싶었다.

마찬가지로 구독자 100명도 되지 않는 유튜버에게 유튜브의 미래와 운영전략, 사람의 마음을 사로잡는 콘텐츠를 기획하는 법, 촬영 및 편집 노하우를 듣고 있다 보면 하품이 저절로 흘러나왔다. 아내의 어설픈 연기를 지켜보는 것도 여간 힘든 일이 아니었다. 끼가 있는 사람이지만 아마추어는 아마추어였다.

진지하게 유튜브를 그만두는 게 어떠냐고 간청하고 싶은 마음도 있었다. 하지만 그러면 사달이 날 게 분명했다. 복잡한 마음으로 민서를 천재 유튜버, 천재 크리에이터라고 풍선 날리듯 띄워주며 격려했다. 저러다가 제풀에 지쳐서 터져버리겠지, 하고 안일하게 생각했던 것이다.

"뭐든 해봐. 자기 유튜브잖아. 다른 사람 눈치 보지 말고."

그 결과 이런 참사가 발생한 것이다. 나에게도 일말의 책임이 있다. 머리를 감싸 쥐었다. 오호통재라. 나도 모르게 이런 말이 불쑥 튀어나왔다. 이제 어떻게 해야 할까. 누군가와 머리를 맞대고 상의하고 싶은데 그럴 수도 없고.

오후 내내 동료의 시선을 피해서 민서의 영상을 확인했다. 민서가 잘못을 깨닫고 영상을 내리길 기도했지만 그런 일은 벌어지지 않았다. 야속하게도 조회수는 끝없이 올라갔다. 전화해서 이게 뭐 하는 짓이냐고 소리치고 싶었지만 만나서 얘기해야 할 것 같았다. 퇴근하자마자 집으로 달려갔다. 지하철에서도 굳이 사람들을 비집고 움직이며 최단 거리를 찾았다.

이제부터 본격적으로 해야겠어.

민서가 얼마 전에 했던 얘기가 머릿속을 맴돌았다. 부모님께 아이를 가질 수 없다는 사실도 잘 전달했으니 이젠 유튜브를 제대로 해보겠다는 소리였다. 그땐 무심코 흘려 넘겼는데. 도대체 저 영상은 언제 찍었을까. 나한테 말하지 않으면 내가 모를 줄 알았을까. 토끼 가면이랑 머리띠는 어디서 난 거지. 집에서 못 봤는데. 이런 대참사를 예견하지 못한 내가 한심하게 느껴졌다.

도어록 비밀번호를 누르며 결심했다. 오늘만큼은 혼쭐을 내야겠다고. 하지만 민서의 해맑은 얼굴을 보자 말문이 막혔다. 무섭게 다그치려던 마음이 갑자기 쏙 사라졌다. 나는 일단 평소처럼 행동했다. 어떻게 나오는지 두고 보고 싶었다. 민서는 오랫동안 흠모해온 명품 가방을 손에 쥐었을 때처럼 흥분해 있었다. 입이 근질근질한 게 뻔히 보였다. 나도 혀가 살랑살랑하는 걸 겨우 참았다.

저녁은 또 샐러드로 때웠다. 아, 최근에 계속 샐러드만 찾는 이유가 있었구나. 운동도 부쩍 열심히 하고. 몸매가 드러나는 영상을 찍으려니 그럴 수밖에. 늦잠꾸러기가 새벽 운동을 한다고 했을 때부터 알아봤어야 했는데. 그 작태가 웃겨 콧방귀를 내뿜었다.

"왜 그래? 무슨 재밌는 일이라도 있어?"

민서가 방울토마토를 톡 씹으며 물었다. 나는 양상추를 와그작와그작 씹어 먹었다.

"재밌는 일? 나보단 자기한테 있는 거 같은데?"

"그래? 그렇게 보여?"

민서의 얼굴이 더없이 환해졌다.

"응. 무슨 좋은 일이라도 있어?"

나는 시치미를 뗐다. 차마 본인 입으로는 말을 못 하겠지 싶었다. 우물쭈물할 때 일격을 날려야겠다고 생각했는데 웬걸.

　"사실 어젯밤에 영상 하나를 올렸는데 조회수가 벌써 7,000이 넘었어."

　반나절 사이에 4,000명이 더 봤구나. 오늘 밤 자고 나면 만 명이 훌쩍 넘는 사람들이 보고 말겠구나. 너의 맨살에 살포시 놓인 권총을. 다른 영상은 지구 종말이 찾아올 때까지도 100을 넘기지 못할 것 같더니 도대체 어떤 새끼들이 보고 있는 거야. 불특정 다수의 인간이 민서의 권총과 총구가 가리키는 곳과 볼륨이 살아 있는 몸매를 감상하고 있다는 생각에 머리가 빙글빙글 돌았다.

　그런데 본인이 이렇게 실토한다고? 상큼하게 웃으면서?

　"아, 아, 그래? 무, 무, 무슨, 영상인데?"

　연기도 배우가 하는 거지. 저절로 혀가 꼬이고 몸이 뒤틀렸다. 반면 민서는 매우 자연스러웠다.

　"나 사실 새로운 컨셉으로 계정 하나 또 만들었거든."

　그러면서 본인 손으로 그 영상을 찾아 나에게 직접 보여주었다. 수없이 많이 돌려 봤지만 마치 처음 보는 것처럼 또 연기했다. 당황한 표정을 억지로 지으려고 하니 눈, 코, 입의 위치가 서로 뒤죽박죽이 된 것 같았다.

"먼저 상의하려고 했는데 또 조회수가 안 나오면 오빠가 실망할까 봐."

이럴 땐 또 오빠라고…… 말은 똑바로 하자. 내가 아니라 네가 실망하는 거겠지. 나는 조회수가 안 나와도 아무렇지 않아. 아니, 그 누구도 자기 영상을 안 봤으면 좋겠다고. 더 군다나 저렇게 헐벗고 있는 거라면.

"이상해? 별로야?"

뒤틀린 마음이 내 표정에 그대로 드러나는 모양이었다.

"축하 안 해줄 거야?"

축하? 이게 축하할 일인가? 나는 잠시 심각하게 고민해보았다. 지금 나가서 케이크라도 사와야 할지, 초는 몇 개를 달라고 해야 할지, 폭죽도 필요할까.

"왜 말이 없어?"

내가 지금 무슨 말을 할 수 있겠니. 네가 이렇게 행복해하고 있는데, 내가 어떻게 찬물을 끼얹겠니. 하지만 내 연기력은 이미 바닥난 상태였다. 나는 방아쇠를 스윽 당겨버렸다.

"좀, 천박한 것 같은데."

공기의 흐름이 순간 바뀌었다.

"뭐? 방금 뭐라고 했냐?"

민서도 망설임 없이 치골에서 권총을 꺼내 나를 겨냥했

다. 평소 같았으면 꼬랑지를 내리고 헤벌쭉 웃었겠지만 오늘은 도저히 그럴 수 없었다. 나는 확인 사살을 했다.

"천박해 보인다고. 그게 뭐야 진짜."

"너 선 넘었어, 지금."

선을 먼저 넘은 건 내가 아니지 않니?

나는 민서가 일말의 죄책감이라도 느끼고 반성하길 바랐지만 어림도 없는 일이었다. 민서는 내가 선을 넘기라도 기다린 사람처럼 날 사정없이 두들겨 팼다. 민서에게 해주려고 반나절 동안 준비했던 이야기들은 제대로 하지도 못했다. 수세에 몰려 말문이 막혀버렸다. 물론 어처구니가 없어서 말을 삼킨 횟수가 더 많았다.

'룩북'이라는 단어는 생전 처음 들어봤다. 순간 떠오른 건 코인으로 대박을 터뜨리고 아무것도 하지 않으면서 독서클럽을 드나들고 있는 대학 동기 승호였다. 내가 아는 사람 중에 가장 한심한 인간이 코인으로 돈을 꽤 많이 벌었다는 사실은 아직도 믿기지 않는다. 처음엔 거짓말인 줄 알았는데 허세가 아니었다. 그렇지 않고서야 직장도 때려치우고 아무것도 하지 않으면서 테슬라를 끌고 독서클럽에 나가 여자나 꼬시고 돌아다니진 못할 테니까. 승호가 코인을 해보라고 권유했을 때 자존심 딱 버리고 잘 가르쳐달라고 빌어야 했는데, 다른 사람도 아닌 녀석이 얘기하니 도무지 신뢰가 가지 않았다. 정말이지 인생은 알다가도 모를 일이다.

녀석은 독서클럽을 뻔질나게 드나들며 독서 대신 연애를 줄기차게 하고 있었다. 굳이 왜 독서클럽이냐는 질문에, 승호는 성공하기 위해선 책을 많이 읽어야 하고 또 교양 있는 사람을 자연스럽게 만날 수 있는 환상적인 곳이 바로 독서클럽이라고 답했다. 덤으로 투자에 대한 힌트도 얻을 수 있다고. 망할 새끼, 너처럼 교양 없는 인간이 그런 말을 할 자격은 있냐? 그래도 여자에 대한 집념만큼은 인정할 수밖에 없었다. 그토록 싫어하는 독서까지 하면서 연애질하러 다니는 근면 성실한 인간이었으니까.

차라리 민서가 승호처럼 독서클럽에 가입한 거라면 이렇게까지 화가 나진 않았을 것이다. 민서가 룩북을 찍은 것도 놀라운데, 민서의 말에 따르면 이런 영상을 찍어서 올리는 사람이 수없이 많다고 했다. 유튜브에 룩북이라고 검색해봤더니 콘텐츠가 정말 많긴 했다. 시선을 확 끄는 썸네일이 있었지만 차마 재생하지 못했다.

그래, 그럴 수 있다. 야동도 있는데 이 정도는 아무것도 아니다. 그런데 내 아내가 그러는 건 용납할 수 없지 않은가. 환절기 패션을 알려주는 것까진 좋은데, 굳이 왜 벗어? 왜 벗냐고!

민서는 속옷도 하나의 패션이라고 주장했는데, 그렇다면

팬티와 브라도 갈아입어야 하는 게 아닐까. 환절기에만 입는 속옷이 따로 있다는 얘기는 들어본 적도 없다. 나는 사계절 내내 똑같은 팬티만 입는데 말이다. 그러니까 팬티 한 장이 아니라 유사한 종류의 팬티를 말하는 것이다. 더워진다고 해서 구멍이 숭숭 뚫린 팬티를, 추워진다고 해서 양털 달린 팬티를 입는 건 아니지 않나.

"비키니 입는 건 괜찮으면서 이건 안 돼?"

지난달 호캉스 갔을 때 호텔 수영장에서 찍은 브이로그를 말하는 거였다. 수영장에서 수영이나 할 것이지 수영은 하지도 않고 사진이랑 영상만 끝없이 찍어댔다. 아이고 내 팔자야, 이런 말이 절로 나오는 걸 꾹 참았다. 어디 멀리 여행을 간 것도 아니고 지하철로 30분, 차 안 막히면 20분이면 갈 수 있는 곳에서 그 비싼 돈을 주고 왜 자는지 아직도 이해가 안 된다. 호텔에서 며칠 잘 돈이면 우리 집 월세를 낼 수 있는데. 난 아마 그 심리를 평생 이해하지 못할 것이다. 이해하고 싶은 마음도 없고. 하긴 그런 게 어디 한두 가지라야 말이지.

민서는 그래봤자 분기에 하루 정도밖에 안 된다고 하지만 시간은 야속하게도 빠르게 흐른다. 옷을 껴입고 다녔는데 돌아서면 새순이 돋고, 벚꽃 구경 좀 하는가 싶으면 어느새 잠을 못 이룰 정도로 무더워지고, 태양을 피하다 보면

파릇파릇하던 잎들이 울긋불긋해지고, 회사에서 좀 시달리다 보면 눈발이 날린다. 호텔 숙박료 카드 할부가 끝날 즈음이면 귀신같이 다시 호텔을 찾아가 결제해야 할 날이 오는 것이다.

잊을만하면 오마카세 타령하는 것도 병이다. 주인장이 정성스레 한 점 한 점 올려주는 초밥은 아까워서 못 먹겠다. 그 돈이면 집 근처 초밥집에서 모둠초밥 세트를 몇 번이나 먹을 수 있는데 말이다. 민서는 내가 미식을 즐길 줄 모른다며 촌스럽다고 놀렸다. 그리고 돈 쓸 때마다 그 돈으로 할 수 있는 다른 것들을 떠올리는 건, 정말 나쁜 습관이라며 혀를 찼다.

"자기야, 뭔가 먹고 사고 할 땐 말이야. 온전히 거기에만 집중해야 하는 거야. 다른 건 생각하지 마, 제발."

나도 그러고 싶은데 안 되는 걸 어쩌란 말인가. 기회비용이라는 걸 아는 상식적이고 합리적인 사람이라면 도무지 그럴 수가 없다.

호캉스를 갈 때마다 잠을 오지게 설쳤다. 오마카세를 먹고 호캉스까지 한 날은 심장이 두근거려 뜬눈으로 밤을 지새웠다. 이러다 심장이 터져 객사하는 건 아닐까. 그래도 호텔에서 죽는 거니깐 그나마 덜 비참한 걸까. 내가 먹어야 할 것은 그것이 아니고 내가 있어야 할 곳도 그곳이 아닌 것 같았다. 유리창에 붙여둔 풍선이 팡 터질까 봐 거슬리기도 했다. 유치하게 풍선은 또 왜 붙이는지.

"수영장에서 비키니 입는 거랑 이거랑 같아?"

"뭐가 달라?"

"그럼 자기는 내가 삼각팬티만 입고 찍은 영상을 유튜브에 올리면 좋겠어?"

"대박. 진짜 재밌겠는데?"

역지사지하라는 뜻으로 말했는데 민서는 낄낄 웃기만 했다. 그러더니 진지하게 제안했다.

"그런데 오빠 사타구니랑 가슴털은 좀 밀자. 말 나온 김에 진짜 나랑 같이 왁싱하고 찍어서 올릴까? 우리 웅이 옷발 잘 받잖아."

"이, 씨."

'발'은 생존을 위해 묵음 처리했다. 이 순간에도 인내심을 발휘한 내가 정말 대견하다.

"지금 웃음이 나오고 농담이 나와?"

"농담 아닌데?"

예술이냐, 외설이냐. 우린 이 케케묵은 주제에 대해 격정적으로 토론했다. 말이 토론이지 서로 귀는 닫고 입만 나불거렸다. 후라이드냐 양념이냐를 놓고 침 튀기며 싸웠을 때보다 훨씬 흥미진진했다. 나는 너도 뭔가 찜찜하니까 가면을 쓴 게 아니냐고 몰아세웠고, 민서는 아직 민망하고 부끄러워서 그런 것뿐이라며 받아쳤다. 조금 적응되면 가면을 홀러덩 벗을 거라고 자신 있게 말했다. 정말 그러고도 남을 것 같아 걱정스러웠다.

우린 연예인과 일반인의 차이, 기혼자가 갖춰야 할 태도 등에 대해 열띤 논쟁을 펼쳤다. 여기서도 유의미한 결과를 도출하긴 어려웠고 평행선을 쭉 내달렸다. 아니 점점 더 멀어졌다. 이성은 나 몰라라 줄행랑을 쳤고 데시벨은 끝없이 올라갔다.

"웅아, 누구나 조금만 노력하면 유명해져서 돈을 벌 수 있는 세상인데, 그 최소한의 노력조차 하지 않는 건 죄악 아니니?"

죄악? 그럼 유명해지지 못한 사람은 철컹철컹 수갑 차고 교도소라도 가야 하나?

"지금은 연예인과 일반인의 경계가 애매해지는 시대야. 일반인도 금방 연예인처럼 유명해질 수 있다고. 연반인 몰라?"

"그만큼 금세 잊히는 시대겠지."

"그래, 그건 나도 인정할게. 그런데 꼭 그런 시선으로 봐야만 직성이 풀리니? 한한남도 아니고."

그런 시선? 한한남? 나는 졸지에 의미 있는 콘텐츠를 음흉한 시선으로만 바라보는 한심한 한국 남자가 되고 말았다. 줄여서 '한한남'이라고. '한남'은 들어봤지만 '한한남'은 또 처음이었다.

"언제는 한남에 살고 싶다고 하지 않았니?"

너무 흥분해서 그만 썩은 개그를 치고 말았다. 민서는 더욱 멸시하는 눈빛으로 날 노려보았다. 이미 뱉은 말, 주워 담을 수도 없어 소리를 빽 질렀다.

"당장 내려."

"뭘 내려?"

"헐벗고 있는 영상 당장 내리라고!"

"아 진짜, 썸선비."

기어코 민서는 내가 가장 듣기 싫어하는 소리까지 뱉었다. 나라고 당할 수만은 없어 민서가 제일 싫어하는 얘기를 꺼냈다. 능력도 안 되면서 뭐든 목구멍에 밀어 넣으려고 하는 당신 같은 인간들이 가장 문제다, 뭐 요약하면 이런 얘기였다. 물론 민서에게는 아무런 타격도 가하지 못했다. 내가 더 당할 빌미만 제공했을 뿐.

그날 밤에는 다행히 테트리스를 하지 않았다. 연애 사 년, 결혼 삼 년 도합 칠 년 중 가장 심각하게 싸운 날이었다. 두 시간 가까이 언성을 높였다. 윗집, 아랫집, 옆집 사람들도 다 들었을 것이다. 어떤 자재를 썼는지 모르겠지만 이 오피스텔은 방음 기능이 없다. 오히려 의도적으로 더 잘 들리게 만든 것 같다. 고가의 도청 장치가 없어도 다 들을 수 있다.

동네 사람들, 우리 얘기 들으셨죠? 누구 말이 맞고 누구 말이 틀렸나요? 똑똑히 들었으면 말씀 좀 해보세요.

"도대체 왜 이러는 건데?"

그 이유를 알 것 같으면서도 확인하고 싶었다. 이런 영상을 군이 공들여서 찍고 올리는 이유를. 정말 갑자기 신의 계시라도 받아서 패션 전도사가 된 건 아닐 테니까.

명품 가방 더 많이 사고, 5성급 호텔에서 호캉스도 더 자주 하고, 매주 값비싼 오마카세를 즐기고, 포르쉐든 테슬라든 마세라티든 보란 듯이 뽑아서 끌어주고, 굽이치는 한강이 한눈에 들어오는 30평대 아파트에서도 살고 싶고…….

그래, 좋다. 나도 우리 부부가 그렇게 될 수 있다면 소원이 없겠다. 그런데 민서 너는 하나만 알고 둘은 모르는 바보다. 그렇게 살고 싶었으면 안타깝지만 나랑 결혼하면 안 되는 거였다. 첫 단추부터 잘못 끼웠는데 그깟 영상 좀 올린다고 다음 단추가 저절로 끼워지겠니?

"가만히 있는 것보다는 낫잖아! 그럼 자기는 어쩔 생각인데? 뭐든 해보지도 않고, 시체처럼 가만히 있을 거야? 제발 열정을 좀 가지고."

또 시작이다. 저놈의 열정 타령. 시체는 무슨. 좆소기업이
긴 하지만 주 5일 출근 꼬박꼬박하고 있는데. 가끔 야근에
주말 출근도 하면서 부지런히 살고 있건만. 제발 부탁인데
넌 좀 가만히 있으면 안 되겠니? 차마 이렇게 말하진 못하
고 에둘러 표현해본다.

"민서야, 지나치게 스스로 몰아세울 필요는 없어. 우린
충분히 잘 지내고 있잖아. 둘 다 멀쩡한 직장도 다니고 있
고. 이 정도면 행복한 결혼 생활이지 않니?"

"강지웅, 넌 평생 10평짜리 오피스텔 돌아다니면서 월세
나 내면서 살고 싶어?"

"내가 언제 여기서 계속 살고 싶다고 그랬어? 나도 더 넓
은 집으로, 아파트로 이사 가고 싶다고. 그러니까 돈을 아
껴야 하잖아."

"뭐? 내가 언제 돈을 막 썼어?"

어디부터 얘기해야 할까. 씩씩거리는 민서를 보니 참아
야겠다. 이럴 땐 불필요한 말은 자제해야 한다. 하긴 민서
가 이런 사람이라는 걸 모르고 만난 것도 아니니 나에게도
책임은 있다.

민서는 열정으로 빚어진 인간이다. 그리고 그 열정을 매
분 매초 발산하며 살아야 할 운명이다. 반면 나는 민서가
뿜어내는 열기에 몸을 녹이며 살아야 할 팔자다. 하지만 가

끔은 그 열기가 지나쳐 옆에 있다간 타 죽을 것만 같다. 민서가 분노를 한가득 담아 다다다다 속사포 랩을 쏟아낸다. 귀 기울여 듣는척하면서 민서를 〈쇼 미 더 머니〉에 내보내면 우승 확률이 얼마나 될지 상상해본다. 민서는 어떤 랩을 하려나.

헤이, 요(이렇게 시작하는 사람치고 잘하는 사람은 확실히 없었다)

내가 사는 곳은 10평짜리 오피스텔

남편과 엔빵하면 인당 5평

에누리 떼면 3평 남짓 너무하네

쏘 퍼킹 쏘 퍼킹

그걸론 부족해 그걸론 부족해

오늘 내 숙소는 10평짜리 고급호텔

같은 평수라도 별 5개

이런 날엔 3만 원(너무 싼 것 같지만 라임을 맞추기 위해)짜리 오마카세

쏘 퍼킹 쏘 퍼킹

하루론 부족해 하루론 부족해

제목은 '오마카세 친구 호캉스'? 형편없는 내 랩 실력에 웃고 말았다.

"웃어?"

"아닙니다."

나는 재빨리 웃음기를 제거하고 칼같이 대답했다. 분명히 좀 전에는 서로의 힘이 팽팽했는데 어느새 무게의 추가 완전히 기울었다. 그저 빨리 이 대화를 종결하고 싶은 마음뿐이다. 대화는 뫼비우스의 띠를 달리고 있다.

잘못했다. 뭘 잘못했는데? 다 잘못했다. 그러니까 뭐? 뭐든 다. 그게 잘못한 사람의 태도야? 잘못했다고…….

이 대화뿐만 아니라 모든 걸 끝내야 할 때가 아닌가, 하는 생각마저 든다.

민서의 눈은 열망으로 들끓고 있다. 부담스러울 정도로 이글거린다. 저 정도의 눈빛이라면 계란 프라이도 가능할 듯하다. 가질 수 없는 걸 탐하는 미련한 사람. 저 욕심 많은 여자가 어쩌다 나 같은 남자와 연애하고 결혼까지 하게 되었을까. 순간 민서가 대단히 안쓰러워 보이고 아내를 만족시키지 못하는 남편인 내가 불쌍하게 느껴졌다.

너 정도면 조건 좋은 남자들 한 보따리라도 꿰찰 수 있었을 텐데. 나는 자격도 없으면서 어쩌자고 감당하지도 못할 여자를 욕심낸 걸까.

혹시, 이런 게 사랑인가.

정말 그런 거라면 당장 이 사랑을 끝내야겠다는 생각에

집을 뛰쳐나왔다. 오늘은 외박해야만 할 것 같았다. 아니, 마음으로는 이혼을 수십 번도 더 했다. 와중에 이혼한 누나가 자꾸 생각났다. 이혼 상담이라도 받아볼까? 나마저 이혼하면 엄마, 아빠가 더 괴로워하겠지? 아니면 이미 경험했으니 대수롭지 않게 받아들일까?

이럴 때 친구를 만나서 술을 마시지 않으면 언제 마실까. 호기롭게 승호에게 전화했으나 승호는 독서클럽에서 만난 여자에게 작업을 걸고 있다며 냉정하게 날 버렸다. 같은 무리 친구인 창연은 와이프 눈치 보여서 못 나온다고 했다. 신혼일 땐 신혼이라서, 와이프가 임신했을 땐 첫 임신이라서, 출산했을 땐 아이가 있어서, 둘째를 가졌을 땐 둘째 임신이라서, 둘째 출산했을 땐 아이가 둘이라서 나오지 못했다. 아마 녀석이든 나든 둘 중 하나가 죽어야 장례식장에서나 재회하지 않을까 싶다.

여자를 어떻게든 만나려는 놈이나 여자한테 붙잡힌 놈이나. 그러고 보면 남자 인생, 참 단순하고 무식하다. 자기가 꼬신 여자한테 엮여서 질질 끌려다니다가, 끝. 자기가 꼬셨으면 억울하지도 않지. 나같이 여자의 꾐에 넘어간 사람은 어디 하소연할 곳도 없다. 자격도 없고. 다른 친구를 수소문하려다가 신세만 처량해질 것 같아 무작정 걸었다. 걷다가 혹시 민서가 영상을 내렸을까 기대하며 확인했다가 실망만 했다.

정처 없이 떠돌다 보니 추워서 몸이 바들바들 떨렸다. 민서가 환절기엔 감기 조심하라고 했는데. 외투 하나 걸치고 나오지 않은 내가 싫다. 가까운 속옷 가게에서 양털 달린 팬티라도 사 입을까. 보란 듯이 호텔에 가서 자고 싶은데 돈이 너무 아까웠다. 그렇다고 찜질방에 가자니 궁상맞고.

거실 불은 꺼져 있고 방문은 굳게 닫혀 있었다. 씻지도 않고 소리 없이 옷방에 들어가 행거 밑에 머리를 쑥 집어넣고 맨바닥에 누웠다. 영상에 등장했던 바로 그 행거였다. 옷, 가방, 잡동사니가 겹겹이 쌓여 있었다. 민서는 이 많은 것들을 일일이 걷어내고 거실까지 행거를 끄집어낸 거였다. 촬영 후에는 다시 제자리로 돌려놓고. 참 부지런하기도 하지.

재작년에 산 샤넬 가방과 작년에 구매한 구찌 가방이 행거 양쪽 끝에 위용도 당당하게 걸려 있다. 가방을 살 때 훤히 드러났던 민서의 선홍빛 잇몸과 점원에게 카드를 건네며 12개월 할부로 해달라고 복화술처럼 얘기했던 내 입술이 떠오르자, 서러운 마음에 그만 눈물이 쪼르륵 흘러내렸다. 소리 내어 울고 싶었지만 민서가 들을까 봐 입을 틀어막고 꾹 참았다.

눈물을 훔치며 다짐했다. 이혼하게 되면 저 가방만큼은 내가 챙겨야 한다고. 가방은 그렇다 치고 다른 재산은 어떻게 할지 고민이 됐다. 나눌만한 재산이 그리 많지 않다는 건 다행이었다. 헤어져도 각자 보란 듯이 독립하기가 쉽지 않다는 건 불행이었고.

윗집 말발굽이 날 비웃듯 쾅쾅거리며 오갔다. 민서와 나는 녀석을 말발굽이라고 불렀다. 잘 밤에 옷방에는 왜 들락거리는 건지 모르겠다. 말발굽도 유튜버인가. 모르긴 몰라도 다른 이들의 관심이 항상 필요한 인간인 것은 틀림없다. 그렇지 않고서야 한 걸음 한 걸음 내디딜 때마다 자신의 존재를 어필하지는 않을 테니. 어쩌면 녀석의 발바닥은 세모이거나 네모일지도 모른다. 아니면 정말 말발굽이거나. 층간소음이 심하니 주의해달라는 메모를 윗집 현관문에 붙인 적이 있었는데, 그날 이후로 발정 난 망아지처럼 더 날뛰고 있다.

민서는 내가 어느 순간부터 말발굽의 발소리에 부쩍 예민해진 것 같다고 했다. 그리고 그 순간은 말발굽이 포르쉐 카이엔을 끌고 다니는 걸 목격한 때라고 덧붙였다. 솔직히 카이엔을 타고 싶은 건 민서고, 예민해진 것도 민서다. 나는 그 자식이 포르쉐를 타든 킥보드를 타든 마차를 끌든 아무런 관심도 없다. 다만 1억이 넘는 차를 타고 다니면서 이 오피스텔에 사는 이유가 궁금할 뿐.

카푸어가 이렇게 가까운 곳에 있었다니. 민서는 말발굽이 어쩌면 카푸어가 아니라 돈이 너무 많아서 집을 여러 채 소유하고 있을지도 모른다고 했다. 돈이 그렇게 많다면 굳이 이 집을 소유하고 있을 이유도 없고 여기서 지낼 이유도 없을 것 같은데.

하긴 내가 알 바인가. 그 인간이 돈이 많든 적든. 내가 진심으로 궁금한 건 녀석의 발바닥 모양이다. 정말 말발굽이라면 돼지 저금통을 털어서라도 그의 발에 딱 맞는 푹신한 수제화를 선물해줄 의향이 있다. 서비스로 깔창 세 개 정도 포함해서.

나는 말발굽의 발걸음을 추적하고 발바닥 생김새를 상상하다가 스르륵 잠이 들었다.

*

이혼도 아무나 하는 게 아니다. 입도 벙긋하지 못했다. 그래도 이번엔 신기록을 세웠다. 일주일간 민서와 말 한 마디도 나누지 않았다. 오랜만에 방바닥에서 자서 허리가 아프긴 했지만 견딜만했다. 동이 트기 전에 일어나 재빨리 씻고 집을 나섰다. 퇴근 후에는 어떻게든 약속을 잡고 최대한 늦게 집으로 향했다. 약속이 잡히지 않으면 빈둥거리며 돌아다녔다. 혼자 PC방에서 게임도 하고 코인 노래방에서 노래도 불렀다. 민서에게 구속받지 않고 즐기는 혼자만의 시간이 꿀맛 같았다.

토끼가 환절기 패션을 알려주는 영상은 며칠 사이에 조회수가 3만을 넘었다. 래빗 다이어리 구독자도 1,000명을 훌쩍 넘어섰다. 일이 생각보다 커지고 있었다.

영상을 본 3만 명 중에 저 토끼가 한민서라는 걸 눈치챌 사람이 있을까. 민서에게 제발 영상을 내려달라고 무릎을 꿇고 빌까. 더 세게 뭐라고 할까. 그냥 내버려둘까. 잘못했다고 사과할까. 복잡한 마음으로 댓글을 하나하나 읽었다.

이런 영상을 더 자주 올려달라는 인간, 몸매가 너무 예쁘다며 특별한 관리법이 있냐는 인간, 인스타그램 맞팔 하자는 인간, 가면을 벗고 할 생각은 없냐는 인간, 혹시 운동하는 남자 친구 필요 없냐는 인간…….

모든 글에 저리 꺼지라고, 고추 새끼들은 여기서 이러지 말고 야동 보고 딸딸이나 치라는 댓글을 달아주고 싶은 마음뿐이었다. 그러다 실수로 '좋아요'를 누르고 말았다. 당황한 나머지 재빨리 '좋아요' 취소를 눌렀다. 참담한 마음에 스마트폰을 덮었는데 이내 울리기 시작했다.

장인어른

"여보, 장인어른 전화야."

액정에 뜬 발신자가 너무 생경해 나도 모르게 민서를 애타게 부르고 말았다. 들었는지 못 들었는지 인기척도 없었다. 장인어른이 나한테 직접 전화를 거신 적이 있으셨나. 내 생일 때도 민서를 통해서 연락하셨는데. 민서가 지난 일들을 다 일러바친 걸까. 그래서 내 멱살을 잡고 업어 치기라도 하고 싶으신 걸까. 하지만 굳이 따지면 사위가 아니라 따님이 문젠데.

"여보! 장인어른께서 나한테 직접 전화하셨다고."

장인어른 전화를 무시했다가는 정말 큰일이 벌어질 것만 같았다. 조마조마한 마음으로 전화를 받았다.

"자네, 지난번에 보내준 음식은 다 잘 챙겨 먹었는가?"

제가 돼지도 아니고 그 많은 걸 어떻게 다 챙겨 먹을 수 있겠습니까. 입도 대지 않은 게 많았으나 그냥 잘 먹고 있다고 답했다.

처가댁선 고장 난 사위를 고치기 위해 끊임없이 음식을 보내주었다. 장어, 미꾸라지, 낙지, 문어, 민물게, 굴, 더덕, 복분자, 아스파라거스, 마늘, 은행, 감식초…… 페루의 산삼이라는 마카에 이르기까지 남자에게 좋거나 좋다고 추정되는 것들이 집으로 밀려왔다.

엄마는 수시로 전화해서 잔소리를 늘어놓았다. 스트레스

를 받으면 안 된다, 술은 당장 끊어라, 컵라면이나 탄산음료 따위는 입에 대지도 마라, 새로 보내준 부적은 지갑 같은 데 넣어서 항상 지니고 다녀라, 몸에서 멀어지면 안 된다더라.

평소엔 전화 한 통 없던 아빠마저도 사람을 귀찮게 했다. 삼각팬티는 입지 말고 한 사이즈 큰 트렁크를 입으라고 닦달이었다. 트렁크 팬티를 입고 등산을 가라고. 그래야 애들이 맑은 공기를 마시고 왕성해져서 활기를 되찾는다고.

그것도 모자라 이젠 장인어른까지 나를 찾기에 이른 것이다.

"자네, 잉카인들이 마카를 즐겨 먹었다는 걸 알고 있는가? 금보다도 귀하게 여겼던 음식이라고 하네. 잊지 말고 꼭 챙겨 먹게나."

꼭 챙겨 먹어야 할 것들이 냉장고와 수납장을 채워갈 때마다 부담감도 커져만 갔다. 빌트인 냉장고도 더는 받아들이기 힘든지 윙윙거리며 울었다. 쌓여가는 음식을 볼 때마다 가슴이 답답해져 웬만하면 냉장고 문을 열지 않았다.

한편 민서는 시도 때도 없이 냉장고에서 음식을 꺼내 먹었다. 이럴 줄 알았으면 진즉에 이렇게 할걸, 하고 즐거워했다. 평소에 먹지 못하던 맛있는 음식을 매일 먹게 되자 마냥 기뻐했다. 날 위해 보내준 음식인데 대부분 민서의 뱃

속으로 빨려 들어갔다.

"자기는 정말 대단한 사람이야."

"왜?"

"염치도 없어? 그게 입에 들어가니?"

"응. 너무 맛있는데. 웅아, 빨리 먹어."

어쩜 저렇게 당당할까. 나는 민서가 먹는 걸 그저 지켜보았고 민서는 싱글벙글하며 음식을 흡입했다.

"자긴 왜 안 먹어? 그러면 이 아까운 음식을 다 버릴 심산이야?"

"그건 아니지만."

"버릴 것도 아니고 썩힐 것도 아니고. 그럼 어떡해. 먹어서 없애야지. 나도 얘기했어. 그만 보내시라고. 그런데도 말을 안 듣는데 어쩌겠어. 이왕 보내주신 음식, 맛있게 먹자. 그게 효도야. 알겠지?"

과연 이걸 효도라고 할 수 있을까. 하지만 민서의 말이 틀린 것만은 아니었다. 정성스레 보내주시는 걸 다 버릴 수도 없고. 그래서 아침마다 마카와 각종 영양제를 챙겨 먹었다. 실제로 몸이 좋아지는 건 기분 탓일까. 그런데 언제까지 주는 대로 넙죽 받는단 말인가. 장인어른과 통화하는 김에 말을 해야만 할 것 같았다.

"장인어른, 이제부턴 제가 알아서 잘 챙겨 먹겠습니다.

그러니 그만 보내주셔도 됩니다."

"자네가 알아서 하는 게 뭔가? 도대체 제대로 하는 게 있어야 나도 두 발 뻗고 잠을 잘 게 아닌가. 내가 엊그제 민서 전화를 받고 이틀 동안 한숨도 못 잤네."

민서가 뭐라고 했길래? 혹시 유튜브에 이상한 걸 올리고 있다고 자기 입으로 얘기한 건 아니겠지? 아니면 나랑 싸워서 말도 안 하고 있다고 고자질이라도 한 건가?

"나 닮은 아들도 낳고 싶고 엄마 닮은 딸도 낳고 싶다면서 하소연하는데. 억장이 무너지는 줄 알았네, 이 사람아."

장인어른께서 하시는 말씀을 듣고 있자니 저도 억장이 무너지는군요.

"자네, 지금 다니는 병원이 어디라고 했나?"

"아, 집 근처에 있는 병원 잘 다니고 있습니다."

물론 병원에 가본 적은 없었지만 거짓말은 또 다른 거짓말을 낳는 법이다.

"얄궂은 동네 병원은 당장 끊고 내가 알려주는 병원에 가게나. 민서한테는 이미 얘기해놓았네. 고등학교 총동창회를 다 뒤져서 찾은 병원일세. 저승길 떠난 정자도 살려낸다는 명의라네. 예약하기도 어렵다는데 내가 특별히 부탁해서 이번 주 토요일 10시에 시간을 빼놓았으니 잊지 말게나."

이 얘기 저 얘기 한참 늘어놓던 장인어른이 올림픽 출전을 앞둔 선수를 격려하듯 말했다. 나는 척추를 곧게 세우고 귀를 기울였다.

"나는 자네를 믿어 의심치 않네. 아무리 크나큰 시련이 몰아닥쳐도 자네는 이겨낼 걸세. 암, 그래야지. 내 사위인데. 이 세상엔 짊어질 수 없는 무게 따윈 없다네. 그게 무엇이든 마음만 먹으면 업어 치고 메칠 수 있단 말일세. 무게 중심 잡고 허벅지에 힘 딱 주고, 알겠나? 항상 긍정적으로 생각하게나. 나도 물심양면으로 지원하겠네."

그러곤 전화를 툭 끊어버렸다. 일이 심각한 수준으로 꼬여가고 있었다.

"아빠가 뭐래?"

민서가 옷방 문틀을 한 손으로 짚고 내려다보고 있었다. 다 알면서 괜히 떠보는 눈치였다.

"병원을 알아보셨다네. 자기한테도 말씀하셨다는데."

우린 그렇게 자연스럽게 다시 대화를 텄다. 장인어른에 대항하기 위해서는 일단 민서와 손을 맞잡아야 했다.

"이제 어떡하지?"

심각한 나와는 달리 민서는 편안해 보였다. 뭐 그런 걸 걱정하냐는 듯 대수롭지 않게 말했다.

"뭘 어떡해. 병원 가야지."

"정말 병원에 가자고?"

"응."

"그러면 거짓말인 게 탄로가 나잖아."

"의사 입단속만 제대로 하면 되잖아. 검사 결과는 우리 부부한테만 얘기해달라고 하고. 만약 다른 사람에게 발설하면 의료법 위반이든 개인정보보호법 위반이든 뭐든 걸어서 가만있지 않겠다고 하자."

"그냥 병원에 가지 않고 갔다 왔다고 하면 안 될까?"

"아빠가 직접 예약했다잖아. 아빠 성격에 분명히 확인할 거야. 환자 왔다 갔냐고, 결과는 어떠냐고. 그런데 우리가 가지도 않았다는 걸 알면 곧장 올라와서 자기를 패대기치고 장난 아닐걸?"

일단 병원에서 검사를 받은 후, 의사를 구워삶는다?

"굳이 검사까지 받을 필요가 있을까?"

"왜? 자신 없어?"

민서의 시선이 그쪽으로 향했다. 묘하게 불쾌했지만 대꾸하기가 귀찮아 아무 말도 하지 않았다.

토요일 오전 우린 장인어른이 점지해준 병원으로 향했다. 혼자 다녀오겠다는데 민서가 굳이 따라왔다. 정자 검사하는 걸 브이로그로 찍고 싶다면서. 도대체 생각이 있는 건지 없는 건지. 실랑이 끝에 영상을 찍지 않겠다는 확답을 받았지만 찝찝했다. 또 무슨 수작을 꾸미고 있을지 알 길이 없었다.

명의라고 해서 백발이나 대머리의 나이 지긋한 의사를 상상했는데 기껏해야 40대 초중반으로 보이는 의사가 진료실 밖으로 나와 우릴 맞이했다. 이렇게까지 환자를 환대하는 의사는 처음이라 수상했다. 아마도 장인어른 동창의 자녀이거나 조카 정도일 것으로 추측됐다. 의사는 안 그래도 얘기를 많이 들었다면서 걱정하지 말라고 우리 부부를 다독여주었다.

"제 입으로 말하기 민망하지만 저승길 떠난 정자도 다시 이승에 데려와 눈앞에 멀쩡하게 앉혀놓을 수 있습니다. 아무리 큰 파도도 뚫고 헤엄쳐나갈 수 있는 활력이 넘치는 녀석들로 말이죠."

장인어른이 괜한 얘기를 하신 줄 알았더니 의사가 본인 입으로 떠들고 있었구나. 젊은 놈이 참 뻔뻔하다는 생각이었다. 입이 출랑거리는 게 딱 사기꾼 같았다. 의사가 나를 위아래로 훑어보는데 기분이 썩 유쾌하진 않았다. 이런 놈에게 정자를 보여줘야 하다니. 당장에라도 병원 문을 박차고 나가고 싶었다. 내 심정을 읽었는지 의사가 내 팔을 부드럽게 붙잡고 어디론가 끌고 갔다. 경찰에게 연행당하는

범죄자가 된 느낌이었다. 비참한 내 마음을 아는지 모르는지 민서가 잰걸음으로 따라오며 물었다.

"저도 같이 들어가도 되나요?"

그 짓을 보고 있겠다고? 아연실색한 나와 달리 의사가 매우 흥미로워하는 표정으로 민서와 나를 번갈아 보았다.

"뭐 원하신다면 그러셔도 되지만."

"아니에요. 자기야, 참아. 아니야, 이건 아니야."

내가 극구 만류하자 민서도 발걸음을 돌렸다. 아쉬운 얼굴로 민서가 주먹을 불끈 쥐며 응원해주었다.

"여보, 파이팅!"

"아내분의 내조가 보통이 아니시네요. 힘이 많이 되시겠어요."

의사가 민서를 힐긋 쳐다보았다. 진심인지 놀리는 건지 알 수 없었다.

"배우자가 옆에서 잘 도와주고 서로 의지하시면 분명히 좋은 결과가 있을 거예요."

이쯤에서 사실대로 토로하고 그냥 돌아갈까, 고민하는 사이 복도 끝에 다다랐다. 외관과 달리 병원이 꽤 넓었다. 서울에서 이 정도 규모의 개인병원을 갖고 있으면 한 달에 얼마나 벌 수 있을지 궁금해졌다. 문을 열고 들어가니 방이 세 개 더 있었다. 의사가 방 하나를 고르라고 주문했다. 뭐가 다르냐고 물어봤더니 콘텐츠가 제각각이라고 했다. 뭔 소리인가 하는 눈빛으로 쳐다보자 의사가 기다렸다는 듯 나섰다.

"니뽄? 백마? 흑마?"

이런 것도 일종의 인종차별 아닌가, 라고 생각하면서 무심결에 내가 즐기는 스타일을 얘기할뻔했다.

그러고 보니 자위도 못 한 지 한참 되었다. 문득 아내 몰래 샤워하면서 자위한다는 창연이 떠올랐다. 그 모습을 상상하자 기분이 너무 더러워졌다.

창연은 화장실에 있을 때 마음이 가장 편안하다고 했다. 집에서 유일하게 쉴 수 있는 공간이라나 뭐라나. 자고로 남자는 자신만의 공간이 필요한데, 자기에겐 화장실뿐이라며. 큰일을 보는척하면서 가만히 앉아 있으면 잡념이 사라진다고. 아내는 자기가 심각한 변비에 걸린 줄 안다고 했다. 최근엔 변비약까지 사줘서 억지로 먹고 있다고. 나도 창연을 따라 혼자 있고 싶을 땐 화장실 변기에 좀 오래 앉아 있었다. 창연의 말대로 심신을 안정시키는 데 도움이 됐다.

"막상 고르라고 하면 민망해서 그런지 다들 말씀을 잘 안 하세요. 개인적으로 제가 좋아하는 취향이기도 하고 만족도가 가장 높은 걸로 추천해드릴게요. 최고급 시설이니깐 편안하게 즐기시고요."

의사가 두 번째 방의 육중한 문을 닫아주며 조용히 속삭였다.

"집이라고 생각하시고 편안하게, 릴렉스."

릴렉스 같은 소리하고 있네. 면상을 발차기로 한 대 갈겨주고 싶었다.

이름 모를 방에는 드라마에서나 보던 안마 의자가 정중앙에 떡하니 자리를 차지하고 있었다. 맞은편에는 영화관 뺨치는 스크린이 보였다. 벽면에는 낙타 혹처럼 굴곡진 방음 패드가 빼곡히 붙어 있었는데, 이 방에서 폭탄이 터져도 그 소리가 새어 나가지 않을 듯했다. 의사 말마따나 시설이 최고급이긴 했다. 병원에 이런 시설을 갖춘 게 아니라, 프라이빗한 프리미엄 미니 영화관에 병원을 덧붙인 것처럼. 병원도 살아남으려면 이렇게까지 노력해야 하는구나. 재수 없던 의사가 아주 조금은 안쓰러워졌다.

안마 의자에 앉아 오랫동안 영상을 골랐다. 의사의 추천은 체코 누나들이었다. 개인적으론 마음에 들었다. 오히려 너무 흡족해서 고르는 게 힘들었다. 이왕이면 가장 만족할 만한 걸 고르고 싶기도 했고.

방에 들어오면서 처음 느꼈던 이질감은 이내 사라졌다. 오히려 융숭한 대접을 받는 기분이었다. 온전히 나에게만 집중할 수 있는 이 순간이 도대체 얼마 만인가. 이런 게 치

료라면 병원을 좀 더 자주 와야겠다. 의사에게 고마운 마음마저 생겼다. 사람들이 괜히 명의라고 하는 게 아니었다. 민서가 방문을 열고 불쑥 들어와 카메라를 들이대면 어쩌지, 하는 생각도 잠시 나는 마법의 방에 완전히 젖어 들었다. 내 인생에서 가장 호사스러운 자위였다고 자부한다. 문득 장인어른께 감사한 마음이 들었다. 떼돈을 벌어서 글렌피딕 40년산을 사드려야겠다고 결심했다.

정액이 담긴 컵을 간호사에게 건넬 때의 느낌은 너무나 이상했다. 소변검사와는 확실히 달랐다. 속을 훤히 보여주는 느낌인데 부끄럽고 쪽팔리면서도 동시에 아주 약간은 뿌듯하고 야릇했다.

검사 결과는 다음 진료 때 알려준다고 했다. 결과를 우리 외에는 그 누구에게도 발설하지 않는다는 약속을 의사에게 몇 번이고 받았다. 민서는 고급스러운 방에서 무얼 했는지 무척이나 궁금해했다. 무용담을 신나게 늘어놓다가 귀가 뜯겨나갈 뻔했다.

"그래서? 나보다 체코 언니들이 더 좋다는 거야 뭐야?"

"아니지, 자기가 최고지."

민서가 고생했다며 엉덩이를 두들겨주었다.

혹시나 장인어른이 인맥을 동원해 검사 결과를 따로 확

인하면 어쩌나 고민하는 동안 일주일이 훅 지나갔다. 우린 병원에서 검사 결과를 듣고 의사 입막음을 확실히 한 후 1박 2일로 강화도 여행을 다녀올 계획이었다. 하지만 정작 입막음을 당한 건 나였다.

"말씀 들은 대로 상황이 썩 좋지 않군요."

지난주에 만났을 때와 달리 의사의 표정이 사뭇 어둡고 진지했다.

"네? 무슨 상황이요?"

민서가 놀라서 되물었다.

"남편분 무정자증이 맞습니다."

이 미친 새끼가 뭐라는 거야.

나는 입을 헤 벌리고 의사를 보았다. 그리고 민서를 향해 고개를 돌렸다. 민서도 정신이 나간 표정이었다. 결혼할 때 사준 목걸이를 어느 날 잃어버리고 돌아왔을 때처럼. 민서는 의사가 목걸이를 훔친 도둑이라도 되는 것처럼 핏대를 세웠다.

"선생님, 무슨 말씀이세요. 제 남편이 무정자라니요? 이 남자가 보기보다 정력이 얼마나 좋은데요. 하고 나서 돌아서면 또 하고 싶어 해요. 알고나 하시는 소리세요?"

민서야, 넌 또 무슨 소리를 하는 거야. 나는 한숨을 쉬며 고개를 떨궜다.

"오해가 있는 것 같으니까 다시 확인해주세요. 우리 웅이 그런 사람 아니에요. 혹시 다른 사람 정자랑 바뀐 거 아닐까요?"

"힘드신 건 충분히 이해."

민서가 의사의 말을 싹둑 잘랐다.

"이해는 무슨 이해. 우린 거짓말을 한 거라고요. 진짜 그런 게 아니라요."

의사가 그게 무슨 말이냐며 되물었다.

"그러니까 애 낳기 싫어서 부모님께 거짓말을 했다고요. 진짜 난임 부부가 아니라."

어느새 나는 민서의 어깨에 머리를 기대고 있었다. 민서가 한 손으로 내 머리를 받치고 의사를 몰아붙였다. 참다못한 의사가 언성을 높였던 것도 같고, 어떻게든 우릴 위로해보려고 노력한 것 같기도 하다. 민서가 의사에게 돌팔이라며 삿대질했었나. 병원을 나오는 길에 강화도 여행을 곧장 취소했었는지, 강화도로 향하다가 차를 돌렸었는지, 잘 기억나지 않는다. 그 순간 내가 제정신이었다면 자진해서 어딘가로 유배를 떠났을지도 모른다.

*

나는 누구인가. 나는 어디서 왔는가. 나는 어디로 흘러가는가. 나의 존재 이유는 무엇인가. 내가 이 땅에 태어난 의미가 진정으로 있는가. 나는 인생에서 무엇을 남겨야 하는가. 나는 정녕 내가 원하는 인생을 살고 있는가.

내가 이런 고민을 해본 적이 있었던가. 사춘기 시절도 별일 없이 무던하게 흘러갔다. 재미없고 고달픈 직장 생활도 큰 파고 없이 나름 잘 헤쳐왔고 내가 지금 누리고 있는 소소한 행복에 만족하며 버텨왔다. 민서가 이리저리 날뛰면서 날 괴롭히는 것마저 감사히 여겼다.

그런데, 왜, 나에게, 이런 시련을 주시옵니까.

하긴 인생이 언제 내 맘대로 굴러간 적이 있었던가. 하지만 이건 전혀 예상치 못한 일이었다. 민서 말대로 테트리스에 나름 재능 있다고 생각했기에 충격이 더 컸다고나 할까. 남자로서 자부심 따위 전혀 없지만 이건 좀.

이렇게 또 인생에서 큰 교훈 하나를 얻는다.

말이 씨가 되는 법이다.

그런데 왜 나는 씨, 가 없지? 이런 씨…… 씨가 없는 나는 말을 할 자격도 없다.

며칠간 말을 거의 한 마디도 하지 않았다. 그 사실도 민서를 통해 알게 되었다. 민서가 무슨 말이라도 해보라고 옆에서 울먹였다. 실어증이라도 걸린 거냐고. 민서는 미안하다고 거듭 사과했다. 이게 다 자신 때문이라고. 한 치 앞도 모르고 천방지축으로 까분 스스로가 너무 한심하다고.

"응, 그건 확실하지. 자기는 너무 한심하고 나쁜 인간이야. 남편에게 상처만 주는."

씨를 잃은 나는 간땡이가 부었다. 이것도 일종의 부작용인가. 민서는 그 소리를 듣고도 기뻐했다. 민서도 나도 제정신이 아닌 건 분명하다.

"오빠! 지금 말한 거 맞지? 오빠 말할 수 있지?"

나는 말없이 고개를 돌렸다. 꺼져 있는 TV 화면에 생기를 잃은 내 모습이 보였다. 초점을 되찾으려고 눈에 힘을 줘봤지만 흉측해질 뿐이었다. 민서가 나에게 바짝 붙어 계속 쫑알거렸다.

"웅아, 나 다시는 그런 장난 안 칠게. 입방정도 조심할게. 그러니까 말 좀 해봐. 응?"

내 존재를 부정당한 느낌인데 무슨 말이 필요하겠니? 이미 엎질러졌는데 말한다고 해서 달라질 게 뭐가 있겠니?

문득 씨 없는 수박과 씨 없는 포도를 즐겨 먹은 내 자신이 경멸스러웠다. 그런 수박과 포도를 만들어낸 인간의 잔인함에 몸서리쳐졌다. 언젠가 어떤 드라마를 보다가 "내가

고자라니"라며 절규하는 배우를 비웃었던 걸 뼈저리게 반
성한다. 나는 소파에 쓰러질 듯 기대어 눈을 감았다. 민서
가 내 팔뚝을 찰싹 때렸다.

"야! 난 괜찮아. 네가 정자가 있든 없든 아무 상관도 없다
고. 어차피 우린 아이 생각도 없잖아. 차라리 잘됐지 뭐."

잘되긴 뭐가 잘돼? 눈을 부릅뜨고 한마디 확 쏘아주려다
가 말았다. 도리어 눈을 더 질끈 감았다.

"그러고 보니 완벽해졌잖아. 안 그래?"

완, 벽?

"완벽한 노 키즈라고. 그러지 말고 우리 집 문 앞에 써서
붙일까? 노 키즈 존 이렇게. 애들은 가라, 애들은 가라."

민서가 비둘기를 내쫓듯 허공에 손짓했다. 창문을 열고
민서를 저 하늘 멀리 날려 보내고 싶었다.

"교회 다니는 사람들도 문에 십자가 걸어놓고 그러잖아.
재밌을 거 같지 않아?"

하느님인지 하나님인지, 부디 이 철부지 소녀를 용서하
소서. 하지만 저는 도저히 용서할 수가 없군요.

"그게 지금 내 앞에서 할 소리야!"

"왜 갑자기 화를 내?"

"말을 어떻게 그런 식으로 할 수 있어?"

"내가 뭘?"

"도대체 뭐가 완벽하다는 건데?"

"그렇잖아. 아이가 생길까 봐 조마조마하지 않아도 되고. 부모님께 거짓말할 필요도, 피해자 코스프레를 할 필요도 없고. 자기 마음이 힘들고 아픈 건 알겠는데, 냉정하게 생각하면 달라진 건 아무것도 없어."

"달라진 게 왜 없어? 모든 게 달라졌지. 안 가지는 것과 못 가지는 건 천지 차이야."

이렇게 말하고 보니 정말 그런 것 같았다. 하지 않는 것과 못 하는 것은 결과는 같을지언정 명백히 다른 일이니까. 순간 서러워져 눈물이 또 터져 나오려고 했다.

"왜 자꾸만 그런 식으로 자기를 몰아가? 누가 뭐라고 해도 우린 안 가지는 거야."

"결과적으론 못 가지는 꼴이 됐잖아."

"그렇게 생각하지 마. 우린 안 가지는 게 맞고, 정자도 필요 없다고."

"아니, 난 필요해."

"있으면 뭐 하려고? 어디 쓸 건데?"

그러게, 있으면 어디에 쓰지? 하지만 그건 나중에 걱정해도 늦지 않아.

"민서야, 그건 다른 문제야. 맹장이 없어도 사는 데 아무 문제는 없지. 그건 나도 알아. 하지만 그렇다고 아무 이유

없이 맹장을 떼는 사람은 없어."

"아니, 갑자기 맹장 얘기가 왜 나와."

"그럼 자기는 맹장 말고 난자가 없으면 어떨 것 같아? 잘 지내고 있는 줄 알았던 난자가 없으면 기분이 어떨 것 같냐고."

민서는 무슨 말을 하려다 말고 침대방으로 들어가버렸다. 떼쓰는 아이를 버려두고 도망치는 엄마처럼. 쪼르르 달려가는 대신 소파에 더 깊이 파묻혔다.

소파에 누워 뒤척인다. 작은 소파여서 발을 길게 뻗을 수도 없다. 소파를 더 큰 걸 샀어야 했다. 아니다. 이 집에선 이 소파도 충분히 크다. 더 넓은 집으로 이사를 가야 한다. 그리고 두 발을 마음껏 뻗을 수 있는 큰 소파를 사야 한다. 그래야 정자도 넓은 소파에서 편하게 쉬려고 돌아올 것이다. 이게 다 이 작은 소파 때문이다. 소파가 정자를 내쫓은 것이다. 무릎을 접어 새우잠 자듯 몸을 웅크린다. 벽을 향해 누웠다가 다시 TV를 향해 몸을 돌린다. 눈을 감았다가 뜬다. 다시 감는다. 이번에는 왼쪽 눈만 뜬다. TV에 비친 내 얇은 발목이 보인다. 누가 회초리로 내리치면 발목이 싹둑 날아갈 것 같다. 이번엔 오른쪽 눈만 떠본다. 모서리에 세워둔 회전 책장이 시야에 들어온다. 뿌연 먼지가 얌전히 묻어 있다. 책을 읽은 게 언제인지 가물가물하다. 대부분 내가 산 것이다. 민서는 책 따위는 읽지 않는다. 책 한 권 한 권 제목만 훑어본다.

『못 가본 길이 더 아름답다』『무소유』『부자 아빠 가난한 아빠』『정의란 무엇인가』『성공하는 사람들의 7가지 습관』『누가 내 치즈를 옮겼을까』……

이상하게도 기분이 매우 더러워진다. 저 책들이 마치 나를 비웃고 있는 듯하다. 아니, 분명히 날 한심하게 바라보며 지네들끼리 속닥거리고 있다. 서로 문단과 문장과 단어와 자음과 모음을 주고받으며 인간 강지웅을 놀리고 있다.

마음 깊숙한 곳에서 커다란 잉어 한 마리가 꿈틀대며 수면 위로 힘차게 날아오른다. 녀석은 멀리 날아가지 못하고 이내 수면 아래로 사라진다. 잉어가 사라진 지점을 중심으로 원형 파장이 인다. 파장은 점점 커져 몸 구석구석으로 퍼져나간다. 머리끝, 손가락끝, 발가락 끝에 다다른 파장은 방향을 틀어 이곳저곳을 향해 뻗어간다. 파장이 서로 뒤엉키고 내 속도 배배 뒤틀린다.

가보지도 못했는데 그 길이 더 아름다울지 어떻게 아는가, 무소유라는 말조차 뭔가를 소유하고 있구나, 이 세상 모든 아빠는 부자다, 왜냐? 자녀가 있으니까, 정의? 대한민국에 여태 그런 달달한 것이 남아 있긴 한가요, 이병헌 형님, 일곱 가지 습관만 지키면 성공할 수 있습니까, 누가 내 치즈, 아니 누가 내 그, 거시기, 정자를…… 어디로…… 왜!

후다닥 달려가 손에 잡히는 대로 책을 뽑아 던져버렸다. 모조리 씹어 먹고 싶은 심정이다. 하지만 맛이 없겠지. 이 와중에 종이의 식감을 떠올리다니. 실실 웃으며 책을 찢었다. 멋있게 쫙쫙 찢고 싶은데 생각보다 잘 찢기지 않았다. 손목이 아프고 악력이 부족하다. 포기하려다가 오기가 생겨 더 달려들었다. 찢겨나간 종이 사이로 두 글자가 보였다. 떨리는 두 손으로 두 글자를 나란히 이어 붙였다.

정, 자.

나는 무릎을 꿇은 채 그 글자에 머리를 박고 오열했다. 먼 훗날 부모님이 돌아가셨을 때도 이렇게 슬플지 생각하면서.

창연이 알려준 곳은 을지로에 있는 바였다. 고깃집도 횟집도 아닌 바에서 1차부터 어떻게 술을 마시나 생각했지만 군소리 없이 따랐다. 나도 안주보다는 술이 더 고팠다. 안주 없이도 잔을 채우는 대로 비울 수 있을 것 같았다. 창연이 술이나 마시자고 먼저 얘기를 꺼냈다. 평소엔 불러도 대답이 없던 인간이어서 어쩐 일인가 싶었다. 돈 많은 백수이자 솔로인 승호도 당연히 참석했다.

테이블 바에 일렬로 나란히 앉자 바텐더가 다가왔다. 대
단히 매력적이고 예쁜 여자였다. 흘러나오던 노래마저 숨
죽이게 만드는 미모였다. 여기 오자고 한 이유를 알 것 같
았다. 창연은 바텐더에게 홀리기라도 한 듯 아주 값비싼 양
주를 시켰다. 생전 가지 않던 바에 온 것도, 마시지 않던 양
주를 마시는 것도 그답지 않았다.

창연은 맥주 마시듯 양주를 벌컥벌컥 들이켰다. 육아 전
쟁이라더니 애 둘 육아가 보통 일은 아닌 것 같았다. 아이
들과의 전쟁을 끝내고 막 돌아온 장수처럼 보였다. 그래도
이젠 좀 괜찮으니 이렇게 친구도 만나고 술도 마시는 거겠
지. 관심도 없던 창연의 육아 이야기가 새삼 궁금해졌다.

"이젠 숨 좀 돌릴만하냐? 애들은 잘 크고? 오늘은 제수씨
도 허락을 해줬나 보네."

창연은 눈을 게슴츠레 뜨고 날 바라보았다.

"내가 무슨 와이프 허락을 받아야만 술을 마실 수 있는
사람처럼 보이냐?"

"미친놈, 쇠사슬에 묶여 사는 것 같더니만."

승호가 깐죽거리자 창연은 잔을 비우고 고개를 저었다.
생각만 해도 고통스러운 것 같았다. 이번엔 승호가 날 걱정
해줬다.

"그러는 너는? 너도 와이프 장난 아니잖아."

"네가 우리 와이프에 대해서 뭘 안다고 그래?"

승호가 뭔가 알고 있다는 눈빛으로 쳐다봤다. 설마 민서의 룩북 영상을 본 건 아니겠지?

"너, 혹시 봤냐?"

"누구? 네 와이프?"

"어."

"어디서?"

"아니지?"

"뭐라는 거야."

다행히 전혀 모르는 것 같았다. 하긴 얼굴을 가면으로 가렸으니. 권총 문신을 알 리도 없고.

민서는 그 후로도 룩북 영상을 계속 올리고 있었다. 첫 영상만큼은 아니지만 조회수는 그럭저럭 잘 나왔다. 영상을 찍으려고 이 옷 저 옷 사기 시작했다. 우린 서로의 월급에 대해 잘 몰랐는데 씀씀이로 봐선 나보다 많이 버는 게 확실했다. 아니면 마이너스 통장의 힘이거나. 민서는 아주 오래전부터 마이너스 통장을 뚫어놓고 빚 또한 자신의 자산인 것처럼 행동했다. 납득하기 어려웠지만 어차피 말릴 수 없다는 걸 알기에 그냥 내버려두었다.

"암튼 와이프는 별일 없고?"

별일이야 너무 많지만.

"와이프? 아주 잘 지내지. 오늘은 선물받으러 갔어."

"선물? 와이프 생일?"

"아니."

"누가 주는데?"

"자기가."

"계속 뭐라는 거야."

"자기가 자기한테 스스로 선물 준다고. 친구들이랑 같이 호캉스 갔어."

쓸쓸하게 그 얘기를 하고 있는데 창연이 느닷없이 흐느끼기 시작했다. 처음엔 이상한 장난을 치는 줄 알았는데 정말 우는 거였다. 어깨를 위아래로 들썩이면서. 이게 무슨 일인가.

승호도 놀랐는지 벌떡 일어나 주변을 둘러보았다. 다행히 초저녁부터 어두침침한 지하의 바를 찾는 사람은 우리 말곤 없었다. 아리따운 바텐더가 멀찍이 서서 우릴 이상하게 쳐다보았다. 창연을 모르는척하고 싶었다. 승호가 초저녁부터 왜 질질 짜냐고 나무랐다. 창연이 또 자신의 잔을 채우며 울부짖었다.

"좆됐다."

"뭐가? 왜? 회사에서 잘렸냐? 제수씨가 바람피웠냐?"

승호가 따발총 쏘듯 질문했지만 창연은 묵묵부답이었다.

"아, 제수씨가 아니라 네가 딴 여자랑 놀아나다가 걸렸나보네."

"그런 게 아니고 이 새끼야."

"그러면 술 마시러 와서 왜 질질 짜고 난린데?"

"애 생겼다."

뭐? 또? 그런데 그게 좆된 일인가? 승호가 혀를 내두르며 박수를 쳤다.

"와, 몰랐는데 내 친구 창연이가 정자왕이었구나. 대단하다, 대단해. 엄청난 애국자였네. 출산율 떨어져서 문제라는데 창연이가 그걸 해결하려고 힘 좀 썼구나. 멋지다, 우리 창연이."

"그, 그래. 추, 축하한다. 잘됐네."

나도 얼떨결에 같이 축하해주었다. 차마 박수까진 치지 못했다.

"잘되기는 뭐가 잘돼. 둘도 죽겠는데 셋을 어떻게 키우냐고."

"네가 원해서 생긴 거 아냐?"

내가 물으면서도 왜 묻는 건지 의심스러웠고 듣고 싶은 대답이 무엇인지 헷갈렸다.

"실수다."

아이를 실수로 가지다니. 그게 무슨 망언이냐 이 철없는 인간아. 너네는 피임도 안 하냐? 피임하기 싫으면 정자가 못 나오게 묶든지. 아이를 가지고 싶어도 상황이 안 되는 사람이 얼마나 많은지도 모르냐? 눈물이 쏙 들어가게끔 뒤통수를 확 갈겨주고 싶었다.

내 마음도 모르고 창연은 무용담처럼 실수한 날의 이야기를 늘어놓았다. 모처럼 장모님이 오셔서 애들을 봐주신 어느 날, 창연 부부는 문득 연애할 때 즐겨 찾던 모텔이 생각나 예약해둔 스테이크집도 취소했다. 처음엔 콘돔을 끼고 했는데 영 느낌이 살지 않아서 빼고 하다가 그렇게 되고 말았다는, 아주 한심하기 짝이 없는 이야기였다. 나는 양주로 목을 축이고 창연을 향해 삿대질했다.

"그러길래 콘돔을 왜 빼? 끼고 했으면 됐잖아."

"왜 화를 내고 지랄이야. 네가 키워줄 것도 아니면서 난리야."

"내가 왜 키워? 너 같은 부모들 때문에 나라가 이 모양 이 꼴인 거야. 책임지지도 못할 거면서 생각도 없이 애를 싸질러대니까 그런 거 아냐."

옆에서 승호가 내 팔뚝을 붙잡고 말리기 시작했지만 혀를 주체할 수 없었다. 어떻게든 녀석을 몰아세우고 싶었다. 링 구석에 세워놓고 쓰러질 때까지 마구 두들겨 패고 싶은 마음뿐이었다. 나는 마이클 타이슨이 빙의한 듯 주먹을 휘

둘렀다. 창연도 가만히 맞고만 있진 않았다.

"야, 너 딩크족이라고 말 함부로 하네. 네가 부모의 마음을 알기나 하냐? 애는 키워보고 하는 소리냐?"

"애 키우는 게 뭐 대수냐? 그리고 내가 왜 부모의 마음을 몰라. 애를 꼭 키워봐야 알 수 있을 만큼 부모의 마음이 그렇게 대단한 거냐?"

"넌 몰라 이 새끼야. 절대 알 수 없지. 네가 그 마음을 어떻게 알겠냐."

창연이 날 깔보는데 속이 뒤집히는 기분이었다. 승호가 옆에서 히죽거리며 덧붙였다.

"당연하지, 우린 좆도 모르지."

"좆도 모르긴 뭘 좆도 몰라."

사실 잘 모른다. 아니, 하나도 모른다. 이보다 완벽하게 모를 수도 없을 지경이다. 아이가 생기면 인생이 완전히 달라진다는 것도, 아이가 미치도록 사랑스럽지만 죽을 만큼 힘들다는 것도, 아이만 바라보고 산다는 마음도, 아이를 위해서라면 그게 무엇이든 내놓을 수도 있다는 것도, 아이가 너무 보고 싶지만 오늘만큼은 술을 진하게 마시고 최대한 늦게 들어가고 싶다는 심리도 알지 못한다.

그깟 부모의 마음 따위 알고 싶지 않고 관심도 없었는데.

신청곡을 받지 않는다는데도 창연은 김광석 노래를 틀어

달라고 바텐더에게 진상처럼 매달렸다. 여기가 무슨 민속 주점이냐, 굳이 이런 곳에서 꼭 들어야겠냐. 바텐더를 대변해 창연을 질타했다. 그러자 바텐더가 다른 손님이 없으니 가능하다며 빙그레 웃었다. 옹졸한 내 마음이 한순간에 녹아내렸다. 우린 더 싸우지 않고 얌전히 앉아 너그러운 바텐더가 틀어주는 김광석 노래를 들으며 양주를 홀짝거렸다. 창연은 오늘을 끝으로 또 언제 술을 마실 수 있을지 모른다며 훌쩍거렸다.

우리 셋은 9시가 되기도 전에 바에서 기어 나와 각자 집으로 흩어졌다. 승호가 코인으로 번 돈을 상당히 많이 잃었다며 괴로워했을 때 내가 그럴 수 있다고 다독이며 인자한 웃음을 지었던 것 외에는 기억나는 게 별로 없다.

그날 밤 아주 이상한 꿈을 꿨다. 정자들이 나타나 김광석 노래 메들리를 불러주었다. 관객은 나 혼자뿐이었다. 핀 조명은 무대가 아닌 관객석에 있는 나를 향해 비추었다. 예상치 못한 정자와 김광석의 조합은 뜻밖에도 대단히 잘 어울렸다. 정자들의 떼창을 들으며 서글픈 인생을 위로했다.

서른 즈음에 날 버리고 떠났을 정자, 사랑했지만 사랑하지 못한 정자, 먼지가 되어 버린 정자, 거리에서 헤어진 정자, 너무 아픈 사랑은 사랑이 아니었음을 알지도 못한 채 떠나버린 정자, 소리 소문도 없이 정자를 떠나보내야 했던 그날들, 어느 60대 노인의 정자(생각해보니 대단히 부러운 할아버지다, 60대에도 왕성하니 말이다), 이등병의 정자(이등병이 부러운 건 처음이다), 흐린 가을 하늘에 싸버린 정자, 잊어야 한다는 마음으로 보낸 정자, 너무 쉽게 변해가는 정자…….

계절은 다시 돌아온다지만 한번 길을 떠나고선 돌아올 줄 모르는 녀석들, 작별 인사는커녕 고생한다는 말 한마디 해주지 못하고 속절없이 떠나보내야 했던 녀석들, 휴지에 대충 싸서 보냈던 녀석들, 흐르는 물에 흩뿌려 하수구로 흘려보내야 했던 녀석들, 잠결에 팬티에 싸버린 녀석들, 제대로 된 안식처도 제공하지 못하고 허공에 싸질렀던 녀석들…….

나는 선잠을 자면서 울었다. 베개가 흠뻑 젖을 만큼. 실눈을 뜨고 민서를 찾았다. 아, 오늘 호캉스 갔지. 오마카세도 먹는다고 했는데 맛있었으려나? 민서도 없겠다, 크게 소리 내어 엉엉 울부짖기 시작했다.

한
민
서

근면, 성실, 정직.

어느 평범한 가족의 가훈일 것 같은 이 세 단어로 내 남편 지웅, 우리 웅이를 설명할 수 있다. 누군가는 참 재미없는 사람이라고 추측할 수도 있을 것이다. 근거가 전혀 없는 소리는 아니다. 솔직히 유머러스한 사람은 아니니까.

가끔은 이 남자가 이삼십 년 전 사람은 아닌지 의심스러울 때도 있다. 특히 경제관념은 요즘 사람 같지 않다. 돈을 벌 줄만 알고 쓸 줄은 모른다. 아직도 돼지 저금통에 동전을 모으는 사람이다. 옷방 구석에 빨간 돼지를 모셔놓고 주기적으로 먹이를 준다. 현금은 잘 쓰지도 않는데 어디서 동전이 꾸준히 생기는지 알다가도 모르겠다. 길을 걸으면서

버려진 동전을 줍기라도 하는 걸까. 꽉 찬 돼지의 배를 쨀 때 웅이가 행복해하는 모습을 보고 있자면 궁상맞게 느껴질 때도 있다.

아이도 없이 단둘이 재미없지 않냐고 대놓고 물어본 사람도 있다. 하다못해 강아지나 고양이라도 키워보라며. 요샌 그런 딩크족도 많다면서. 신경 써주는 마음이 고맙긴 한데 지금도 그렇고 앞으로도 그럴 일은 없을 것 같다. 웅이는 동물을 무서워하고 나는 귀찮아한다. 무엇보다 둘만으로도 하루하루가 흥미롭다. 내가 재밌는 사람이니까, 난 언제든지 웅이를 웃게 해줄 수 있다. 물론 재미있어서가 아니라 어이가 없어서 웃는 날도 많았겠지만. 이러나저러나 웃으면 되는 것 아닌가. 웃으면 복이 온다고 했으니까 우리에게도 언젠가 복이 터질 것이다. 게다가 웅이는 착하고 바른 사람이니까 우리도 언젠가 대박을 터뜨리겠지.

바른 사람, 바른 남자, 바른 남편, 강지웅.

바르다는 건 예측 가능하다는 뜻이기도 하다. 어떤 일이 벌어져도 사람들이 고개를 끄덕일만한 대안을 찾아 적절히 대응한다. 사고방식이 일정한 틀 안에 갇혀 있어서 답답할지언정 감내하기 어려운 일을 터뜨리지 않고, 안정적인 일상을 유지한다. 그런 웅이에게는 나의 일탈이 감당하기 어려운 숙제일 거다.

그런데 최근 이해할 수 없는 일이 하나 생겼다. 아니, 이 사건은 무려 두 달 전에 발생했다. 여태껏 내가 그 사실을 모르고 있었다는 것도 대단히 충격적이다. 웅이가 직장 동료와 바람을 피웠다고 해도 이런 기분일까.

웅이는 그날(비뇨기과 사태) 이후 정자를 되찾기 위해 부단히 노력했다. 다행히 아이가 갖고 싶어진 건 아니었다. 자녀 계획이 있든 없든 정자는 있어야 하는 게 지당하다며 목소리를 높였다.

이 남자에게서 어떤 결심, 결의를 느낀 게 처음이어서 반갑긴 했다. 같이 운동하자고 아무리 얘기해도 듣지 않더니 웅이는 헬스장부터 등록했다. 놀랍게도 PT 10회권까지 신청했다. 1회에 몇만 원씩 하는 PT를 받는 사람들을 절대 이해할 수 없다던 웅이였는데. 그런 그가 망설이지 않고 PT를 등록했을 때 이 남자의 사고방식이 일대 전환기를 맞이했다는 걸 눈치챘어야 했다.

얼마 지나지 않아 웅이는 자전거를 한 대 샀다. 나와는 일언반구 상의도 없었다. 뭔가를 스스로 구매하는 사람이 아니었기에 좀 놀랐지만 내색하지 않았다. 옷이든 신발이든 가방이든 심지어 양말마저도 웅이는 내가 사자고 졸라야만 샀다. 자신의 것인데도 말이다. 회사에 입고 갈 셔츠가 떨어져서 하나 더 사자고 하면 이 핑계 저 핑계 대면서

미꾸라지처럼 피하던 사람이었다. 가게에서 옷을 한번 입어보는 것조차 부담스러워했다. 입어만 보고 안 사면 미안하지 않냐며.

널린 게 따릉이인데 뭐 하러 자전거를 사는지 모르겠다며 심심찮게 따릉이를 타고 다니던 그였는데. 사전에 나와 상의하지 않은 건 섭섭했지만 직접 자전거를 샀다는 사실이 한편으론 대견하기도 했다. 첫걸음마를 떼는 자녀의 모습을 지켜보는 부모의 마음이 이러할까. 그래서 웅이가 그 자전거를 안 그래도 좁은 집에 기어이 가지고 들어와 옷방 벽면에 희한하게 세워두었을 때도 아무 말 안 했다. 얼마나 소중하면 저럴까 싶었던 것이다.

가격도 묻지 않았다. 돈 썼다고 뭐라고 하는 것처럼 느낄까 봐. 웅이는 내가 뭘 사려고 할 때 가격부터 물었다. 얼마야? 저건 얼만데? 너무 비싸다, 그치? 더 싼 건 없어? 인터넷으로 사면 더 저렴하게 살 수 있지 않을까? 혹시 중고는 알아봤어? 이젠 아무렇지 않으나 처음엔 상처를 많이 받았다. 내가 필요하다는데 가격이 중요한가. 하지만 그건 그의 오랜 습관이라는 걸 지금은 잘 알기에 괜찮다. 아무튼 괜히 가격을 물어봐서 부담을 주고 싶지 않았다. 대신 자전거가 너무 이쁘다며, 잘 나가겠다며 치켜세워줬다.

그 결과 웅이는 평일 저녁은 물론이고 토요일까지 자전

거를 타고 쏘다니고 있다. 자전거 동호회인지 나발인지까지 가입했다. 최근엔 걷거나 서 있는 시간보다 자전거를 타는 시간이 더 많을 듯하다. 탱탱한 엉덩이에 흠집이라도 생기는 게 아닐지 걱정이다. 역시 성실한 사람답게 뭔가를 한번 시작하면 부지런히 매달린다. 오늘도 자전거를 타고 양평을 찍고 온다며 새벽같이 나갔다.

"서울시 영등포구 양평이 아니라 경기도 양평?"

몇 번을 다시 물어봤다. 자전거로 거기까지 간다고? 우리 집에서 한강까지 다녀오는 것만 해도 한 시간은 족히 넘게 걸릴 것 같은데? 그것도 부족해 한강 줄기를 따라 양평까지 간다고? 편도도 아니고 왕복으로? 그게 가능한 일이니?

"자기야, 걱정하지 마. 한두 시쯤 올 테니까 점심은 자기랑 같이 먹을 수 있을 거야. 천천히 일어나서 아침 챙겨 먹고, 나랑은 늦은 점심 먹자."

어젯밤에 이렇게 말하며 토라진 날 달래주었다. 반나절 사이에 자전거로 거길 다녀올 수 있다는 데 놀란 나머지 더는 잔소리하지 못했다. 남편이 다른 것도 아니고 운동하겠다는데 막 몰아세우고 싶진 않았다. 한번 콧바람을 쐬면 계속 나가고 싶은 마음도 잘 알고. 덕분에 내가 콧바람을 쐴 시간이 줄어들고 있지만. 그러나 인간은 적당히 할 때를 알아야 하는 법이다. 그렇지 않으면 매를 번다는 사실도 깨우

처야 한다. 오늘 돌아오면 붙잡고 한 소리를 해야겠다고 생각했다.

남편 없이 맞이하는 토요일 아침이 평화롭긴 했다. 원 없이 늦잠을 자고 일어나 맥모닝을 주문했다. 웅이는 주말 아침에도 8시 전에 일어나는 이상한 사람이다. 딱히 할 게 없어도 말이다. 웅이가 싫어하는 아이돌 음악을 크게 틀고 소파에서 뒹굴었다. 이 정도면 윗집, 옆집, 아랫집에서도 들리겠지만 다들 좋아할 거라 믿는다. 윗집 말발굽도 아침부터 분주한지 이리저리 돌아다니고 있었다.

인스타그램 댓글과 DM을 확인하고 게시물을 넘기다가 어느 자전거 광고에 눈길이 멈췄다. 웅이의 자전거와 비슷했다. 최근 인스타그램을 시작한 웅이에게 이것저것 알려주면서 자전거 검색을 많이 한 결과였다. 무심결에 광고를 클릭해 자전거 판매 사이트로 넘어갔다.

도대체 0이 몇 개지? 하나, 둘, 셋, 넷, 다섯. 아니 다시, 일, 십, 백, 천, 만, 십만, 백만, 천만? 일, 십, 백, 천, 만, 십만, 백만, 천만! 잘못 봤나 싶어 몇 번을 확인했다. 아무리 봐도 천만 원이었다. 자전거 열 대도 아니고 한 대 가격이. 유심히 살펴봐도 웅이의 자전거가 맞는 것 같았다. 세련된 검은색에 브랜드도 같고, 내가 염소 뿔 같다고 했던 핸들 모양도 똑같았다.

아니야, 그럴 리가 없어. 웅이 껀 짝퉁일 거야. 자전거에
도 짝퉁이 있나? 그렇다면 비슷한데 급이 한참 낮은 놈이
아닐까. 하지만 웅이가 인스타그램에 올려놓은 자전거 사
진을 보면 볼수록 똑같다는 확신만 커졌다. 그제야 동호회
회원들이 남겨놓은 댓글들이 눈에 들어왔다. 서로 자전거
를 찬양하고 더 좋은 자전거를 추천해주느라 정신없었다.

그나저나 웅이는 언제 이렇게 게시물을 많이 올린 걸까.
온통 자전거, 자전거, 자전거였다. 자전거를 타는 사진과 자
전거를 타면서 먹은 음식 사진도 간간이 보였지만 내 사진
은 없었다. 은근히 섭섭해지려고 했다. 내 인스타그램에는
웅이 사진도 많은데…… 자전거 옆에 서서 오른손은 핸들
에, 왼손은 안장에 얹고 다리를 쩍 벌린 채 찍은 것도 있었
다. 꽉 끼는 타이즈 때문에 시선을 둘 곳이 없었다.

웅이가 저따위 옷을 입고 돌아다니는 것도, 그걸 입고 사
진을 찍은 것도, 또 그 사진을 SNS에 버젓이 올린 것도 하
나같이 이해하기가 어려웠다. 내 남편이 어쩌다가 저렇게
된 걸까. 늦게 배운 도둑질 날 새는 줄 모른다더니. 나도 모
르게 감자튀김을 흡입하고 있었다.

양평을 찍고 돌아온 웅이는 밖에서 한참 동안 자전거를
정비하더니 또 집으로 가지고 들어왔다. 별로 무겁지도 않

은지 한 손으로 그 애물단지를 옮겼다. 그래, 정말 천만 원 짜리라면 당연히 집 밖에 놔두면 안 되지. 이거 얼마냐고 당장 묻고 싶어 입이 근질거렸다. 날씨도 좋고 기록도 좋고 집에 오니 예쁜 와이프가 기다리고 있어서 행복하다는 사람에게 차마 잔소리를 퍼붓기가 좀 그랬다. 그제야 눈에 들어온 꽉 끼는 옷과 각종 액세서리(?)가 예사롭지 않아 저절로 침이 꼴깍 넘어갔다. 헬멧, 고글, 장갑, 물통, 축구화처럼 생긴 이상한 신발…… 저게 다 얼마일까? 다리가 아픈지 어기적거리며 화장실로 향하는 웅이의 엉덩이를 힘껏 차주고 싶었다. 엉덩이 패드 때문에 아프지도 않겠지만.

웅이가 샤워하는 동안 세워둔 자전거를 꼼꼼히 살펴보았다. 아까 캡처해둔 자전거 사진을 켜놓고. 모델명이 똑같다는 사실을 재차 확인하고 나는 무너졌다.

웅이가 천만 원짜리 자전거를 사다니.

대형 사고를 치고도 말 한 마디 없는 저 인간, 내 남편 맞나? 배신감에 손이 부들부들 떨렸다. 우리 형편에 이런 미친 자전거가 웬 말인가. 중고로 산 우리 집 모닝도 천만 원은 안 하는데. 아니야, 저것도 중고겠지. 그래, 중고로 싸게 샀을 거야.

참고 기다리자니 숨쉬기가 버거웠다. 헤어드라이어로 머리를 말리고 있는 웅이에게 다짜고짜 물었다. 저 자전거 중고냐고. 헤어드라이어 소리 때문에 잘 들리지 않는 것 같아 고래고래 소리를 질렀다. 웅이는 헤어드라이어를 툭 끄더니 무슨 소리냐는 눈빛으로 쳐다보았다.

"중고 아니지 당연히. 올해 출시된 신상품인데."

"아, 그래?"

"응, 왜?"

"아니 좀 비싸 보이길래."

나는 모르는 척 물어보았다.

"그런데 저거 얼마짜리야?"

"천만 원."

웅이는 헤어드라이어 선을 정리하며 아무렇지도 않게 말했다. 천만 원짜리 자전거를 말도 없이 사놓고 이렇게 당당하다니. 정신 차리게 헤어드라이어로 온몸을 확 말려줘야 하나. 제대로 구겨진 내 얼굴이 화장실 거울에 비쳤다.

"자기야, 왜 그래? 화났어? 난 자기도 아는 줄 알았는데."

"내가 뭘 어떻게 알아?"

"진짜 몰랐어? 내가 말하지 않았어?"

"네가 언제 말했어?"

나는 소리를 꽥 질렀다.

"여보, 설마 내가 돈 좀 썼다고 이러는 건 아니지?"

돈 좀? 십만 원, 백만 원도 아니고 천만 원을 써놓고? 이 남자가 정말 미쳤나? 하지만 그간 내가 쓴 것도 있기에, 나도 최소한의 양심은 있는 사람이기에 차마 그렇다고는 말하지 못했다. 그래도 이건 너무 하잖아? 무턱대고 화를 내는 것보단 대화로 풀어야겠다고 생각했다. 팬티 바람의 웅이를 소파에 앉혀놓고 최대한 침착하게 몰아붙였다. 그러나 웅이는 내 잽을 요리조리 잘도 피했다. 비싼 자전거를 타면 논리력이 좋아지기라도 하는 걸까.

"저렇게 비싼 자전거가 꼭 필요해? 바퀴 두 개 있고 브레이크만 잘 작동하면 되는 거 아냐?"

"자기는 왜 명품 백을 고집해? 그냥 비닐봉지나 에코백 들고 다녀도 되잖아. 그래도 몇백 배 비싼 명품 백을 사는 이유가 있을 거 아냐. 난 여태껏 그걸 몰랐던 거고."

갑자기 백 얘기가 왜 나와? 그리고 내가 언제 천만 원짜리 백을 샀니? 가지고 있는 거 다 합쳐도 그 정도는 아니야.

"나, 진짜 저 자전거 타면서 자기 마음을 충분히 이해하게 됐어."

웅이가 그 어느 때보다 행복한 표정을 지으며 덧붙였다.

"도대체 뭘 이해했다는 건데?"

"자기도 알잖아. 따릉이가 널렸는데 굳이 자전거를 사는 건 사치라고 생각했던 사람이 바로 나라는 거. 그래서 줄곧 따릉이를 탔었고. 하루는 따릉이로 한강을 달리는데 다른 사람들이 더 좋은 자전거로 나를 막 지나갔어. 평소 같았으면 아무렇지도 않았겠지. 그런데 그날은 기분이 너무 더러운 거야. 어른이고 아이고 남자고 여자고, 다들 지나가면서 나를 비웃는 거 같은 느낌, 알지?"

"알긴 뭘 알아? 그 사람들이 자기를 왜 비웃어?"

"정말이야. 조용히 지나가지도 않아. 다들 한마디씩 해. 지나가겠습니다, 먼저 갈게요, 이러면서."

웅이가 얄밉게 그 사람들 흉내를 냈다.

"위험할까 봐 그런 거잖아. 지나가는데 부딪칠까 봐."

"물론 그렇겠지. 하지만 그뿐일까. 나는 이렇게 좋은 자전거 타는데, 너는 좆밥 자전거나 타는구나, 구차하게 따릉이 타면서 나랏돈 낭비하지 말고 네 돈 좀 써라, 이 좆밥 새끼야. 이런 마음이 있는 거지."

내 남편이 어쩌다가 이런 미친 열등감에 시달리는 사람이 되었을까.

"웅아, 그건 좀 지나친 생각이지 않니?"

"지나치긴 뭐가 지나쳐. 아, 그래. 우리가 모닝 타고 가는데 옆으로 스포츠카 탄 사람이 스윽 쳐다보고 가면 기분 더럽잖아. 그런데 그 인간이 포르쉐를 탄 윗집 말발굽이라고 상상해봐. 그 새끼가 경적을 울리면서 저 먼저 갑니다요, 이렇게 요란을 떤다고. 기분 나빠, 안 나빠?"

그 기분을 잘 알기에 부정할 순 없었다.

"그래. 기분이 아주 더럽다니까. 하루는 너무 화가 나서 그 무리를 쫓아가봤어. 내가 요즘 운동 좀 했잖아. 그런데 아무리 다리를 저어도 점점 더 멀어지더라고. 허벅지가 드럼통 같은 남자도 아니고 여리여리한 여자였는데도 못 따라잡았어."

"그래서? 여리여리한 여자를 따라잡겠다고 천만 원짜리 자전거를 사셨다?"

"하하."

뭐가 좋다는 건지 웅이는 하하, 소리 내 웃었다. 원래 저렇게 웃는 사람이 아니었는데. 저따위 웃음도 자전거 동호회에서 배운 걸까.

"아니, 내 허벅지가 더 굵어지면 자기가 행복하지. 하하."

갑자기 이상한 방향으로 대화가 전개됐다. 도대체 왜 이러나. 모든 것들이 너무 혼란스럽다. 내 앞에 앉아 있는 사람은 웅이가 아니라 웅이의 가면을 쓴 미친놈인 게 분명하다. 괴로워하는 날 보며 웅이가 부연 설명을 했다.

저 자전거는 말이 자전거지 사실상 비행기다, 비행기에 쓰이는 소재로 만들었으니까, 그래서 저렇게 가볍고 잘 나가는 거다, 바람을 슝슝 가르며 나아갈 땐 정말 하늘을 날아가는 기분이다, 기술이 조금만 더 발달하면 하늘을 나는 자전거도 곧 발명될 것이다, 오늘 반나절 만에 양평을 찍고 돌아올 수 있었던 것도 다 저 자전거 덕분이다, 따릉이였다면 이제 겨우 양평에 도착했거나 중도에 포기했을 테다, 조금만 더 훈련하면 부산까지도 하룻밤 사이에 갈 수 있다, 큰돈을 쓴 건 맞지만 결국엔 돈을 절약한 결과가 될 것이다(이건 또 무슨 기적의 논리인가?), 부산까지 갈 때도 자전거를 타고 가면 기차비를 아낀다, 별로 안 좋은 자전거를 산 사람도 조금씩 비싼 걸로 업그레이드하다가 결국 이렇게 좋은 자전거를 사기 마련이다, 그리고 또 뭐라더라? 구동계가 어떻고 브레이크가 어떻고, 자전거계의 페라리이자 마세라티이자 포르쉐라느니, 머릿속에 남지 않을 얘기를 한참 떠들었다.

"정리하면 이런 거지. 좋으니까 비싼 거야, 비싸니까 좋은 거고. 자기도 잘 알잖아."

내가 뭘 잘 알아? 저절로 코에서 콧김이 발사됐다. 웅이가 내 두 손을 부드럽게 잡더니 차근차근 말을 이어갔다.

"자기야, 내가 왜 여태껏 이렇게 살았는지 모르겠어. 정말 촌스럽게 살았어. 어쩔 수 없는 시골 출신이었던 거야. 진즉에 자기 말을 들었어야 하는 건데. 자기가 항상 그랬잖아. 돈을 버는 것도 중요한데, 그만큼 중요한 게 쓰는 거라고. 소비의 미덕이라고 했지? 필요한 게 있고 갖고 싶은 게 있으면 돈 생각하지 말고 사라고. 언제 죽을지도 모르는데 인생 잘 즐기면서 살자고. 그 뭐라고 했더라. 아, 욜로."

욜로, 욜로, 욜로. 유행이 지나도 한참 지난 저 얘기를 반복하는 웅이의 입을 확 그냥.

"웅아, 아무리 그래도 천만 원짜리 자전거는 아니야."

"왜?"

웅이가 순진무구한 표정으로 되물었다. 왜? 왜? 왜! 나는 대답 대신 콧김을 계속 내뿜었다. 코가 압력밥솥이라도 된 기분이었다. 그 열기로 순진한 척 앉아 있는 남자를 녹여버릴 수도 있을 것 같았다. 분명히 착하고 순수했던 사람인데, 이때까지 다 연기였단 말인가. 이제야 본색을 드러낸 것인가.

"그런데 이거 무슨 돈으로 샀어? 적금 깼어? 아니면 예금?"

웅이는 버는 돈 족족 적금이나 예금으로 저축했다.

"그건 못 깨지."

"그럼 돈 없지 않아? 숨겨둔 돼지 저금통이 100개라도 되니?"

"내가 왜 돈이 없어? 나 엄연한 직장인이야. 얼마 되진 않지만 매달 20일에 월급 또박또박 들어온다고. 그리고 우리에겐."

답답하게 뜸을 들였다. 난 바짝 다가가 앉았다.

"우리에겐 뭐? 설마…… 마통?"

"응, 나도 뚫었어. 속이 다 시원하더라. 자기가 예전부터 마통을 뚫으면 삶의 질이 달라진다고 했잖아. 그때 말을 들었어야 했는데. 내가 왜 진즉에 안 뚫었는지 모르겠어. 첩첩산중을 뚫고 지나가는 터널을 달리는 기분이더라고."

그래, 내가 그렇게 얘기한 건 맞지. 그런데 왜 그랬을까. 웅이가 마이너스 통장을 뚫고 시원시원하게 돈을 쓰고 다니길 바랐던 걸까. 당연히 그건 아니고 내가 마이너스 통장을 뚫은 것에 대한 변명일 뿐이었다는 사실을 이제야 깨닫는다. 갑자기 속이 쓰리고 장이 뒤틀린다.

"그래서 얼마나 빌렸는데?"

"삼천. 내 신용으로 더는 안 된다고 하더라."

"자전거 사고 남은 건?"

"아직, 고민 중이야."

고민한다는 말이 이렇게 무서울 줄이야.

웅이의 '지나친' 소비는 자전거에서 그치지 않았다. 한번 터진 물꼬는 걷잡을 수 없는 속력으로 물길을 개척해나갔다. 예전의 웅이는 결제할 때 똥을 제대로 안 닦은 사람처럼 찝찝해 보였는데, 지금의 웅이는 장 청소를 깔끔하게 하고 나온 사람처럼 개운해 보였다. 그 기분은 누구보다도 내가 더 잘 안다. 하지만 어쩐 일인지 웅이가 돈 쓰는 걸 지켜보는 내 마음은 찢어질 것만 같았다. 이 돈이면 원피스를 살 수 있는데, 저 돈이면 호캉스를 갈 수 있는데. 어느새 나도 모르게 웅이의 사고방식이 내 몸에 배어 있었다.

우리 부부는 돈 관리를 따로 했다. 그러자고 한 건 다름 아닌 나였다. 웅이는 절약해서 조금이라도 돈을 더 모으려면 같이 관리해야 한다고 했었는데 내가 딱 잘라 거절했다. 나의 고약한 친구들처럼 남편한테 매달 용돈 달랑 삼십만 원(교통비와 스마트폰 요금 포함)을 쥐여줄 수도 있었다. 자기 남편은 원래 돈을 안 쓰는 사람이라서 삼십만 원을 줘도 십만 원을 남겨 온다며 행복해하는 나쁜 것들. 그러면서 자기는 오마카세 먹으러 돌아다니는 양심 없는 것들. 내 돈은 내 꺼, 남편 돈도 내 꺼. 난 적어도 그런 사람은 되고 싶지 않았다.

서로 눈치 보지 않고, 사고 싶으면 사고, 먹고 싶으면 먹고, 구차하지 않게, 내일이 오지 않을 것처럼, 오늘만 살 것처럼…… 이게 말이 쉽지, 어려운 일이다. 정말 내일 죽는다면, 오늘 신나게 놀아야지. 물론 내일 죽을 걸 알면서도 음악의 리듬에 맞춰 골반을 미친 듯이 흔들 수 있을지는 모르겠다. 하지만 해는 항상 뜨는 법이니까. 이러다 내일 해가 뜨는 걸 못 볼 수도 있겠지만.

그런 결정을 했던 나를 한 대 후려치고 싶다. 뒤늦은 후회는 항상 늦다. 아니야, 어쩌면 늦었다는 걸 인지할 때가 가장 빠른 걸지도 몰라. 그런데 뭐라고 하면서 통장을 합치자고 해야 하나. 그러기 위해선 일단 통장 잔고부터 서로 확인해야 하는 거잖아. 그건 있을 수 없는 일인데. 웅이가 내 통장에 찍힌 마이너스 금액을 보게 할 순 없다. 그러면 정말, 이혼당할지도 모른다. 내가 마이너스 통장을 뚫은 건 웅이도 잘 알고 있다. 하지만 그 금액이 얼마인지는 제대로 모르고, 그 돈을 내가 얼마나 멍청하게 날려먹었는지도 모른다.

정확히 말하면 완전히 날린 건 아니다. 아직 처분하지 않았기 때문에. 내일부터 드라마틱하게 올라서 본전을 되찾을지도 모른다는 상상을 거의 매일 한다. 물론 개꿈에 불과하다. 지하 아래 땅굴이라더니 끝없이 내려간다. 한국 주식, 미국 주식, 각종 ETF 그리고 코인. 무엇 하나 가리지 않고 골고루 마이너스다. 마이너스 90%인 종목도 몇 개 있다. 투자 잘못해서 전 재산 다 날렸다는 사람들 정말 한심해 보였는데, 이젠 남 일 같지 않다. 이게 다 내 손가락 때문이다. 가만히 있지 못하고 제멋대로 움직이는 열 손가락이 죄인이다.

"자기야, 코인 사놓은 건 어떻게 됐어?"

웅이가 점잖게 맥주를 마시다가 뜬금없이 물었을 때 하마터면 뿜을 뻔했다. 내가 코인을 샀다는 걸 얘기했었나. 기억이 가물가물한데, 처음 샀을 때 엄청나게 올라서 자랑하고 싶은 걸 참지 못했던 거 같다. 박수칠 때 떠나라고 했던가. 개나 소나 돼지나 코인을 산다고 덤벼들 때 조용히 팔고 빠져나왔어야 했는데. 그 물결에 휩쓸려 마이너스 통장까지 뚫어서 더 샀다. 그 결과 제대로 물렸다. 문어 다리 빨판에 온몸이 꽉!

"나도 한번 해볼까 해서. 승호 있잖아. 코인 대박 터뜨리고 노는 놈. 요새 많이 빠져서 다시 더 살 거라고 하더라고. 자기도 많이 힘들었지?"

다행히 얼마나 잃었냐고 묻지 않는 웅이에게 고마워서 눈물이 핑 돌았다. 애써 괜찮은척했지만 투자한답시고 날린 돈만 생각하면 척추가 휘는 기분이다. 웅이에게 툭 터놓고 얘기할 수도 없으니 더 그랬다. 버티면 언젠가 오를 거라는 믿음이 있지만 그 언제가 언제일지 알 수 없으니 답답한 노릇이다. 야속하게도 마이너스 통장의 이자는 냉정하게 매달 빠져나간다.

그런데 웅이 네가 코인을 하겠다고? 꼬박꼬박 적금 붓는 것 외에는 아무것도 관심 없었잖아. 언제 될지 알 수도 없는 주택청약에 매달 십만 원씩 부으면서 행복해하지 않았니?

"웅아, 투자 함부로 하는 거 아냐. 일단 공부부터 해야지. 무턱대고 사면 안 돼."

"자기야, 나도 공부 좀 했지."

"뭐 보고?"

"유튜브. 동호회 회장님이 소개해주신 유튜버가 있거든."

"자전거 동호회에선 자전거나 타. 바보도 아니고 거기서 왜 투자를 배워? 체육 선생님한테 미적분 물어보는 거랑 뭐가 다르니? 유튜브 보고 투자하면 망하는 거야."

나처럼 되는 거라고.

"내가 보는 채널 운영자는 코인으로 몇백 억을 벌었대. 그 사람, 계좌 인증까지 했어."

웅이가 이렇게 한심해 보일 때가 있었나. 정확히 몇 년 전 내 모습을 그대로 보는 것 같다. 물론 개중엔 진짜 돈을 많이 번 사람도 있겠지. 하지만 그건 그 사람이 번 거고 이미 지나간 일이다. 앞으론 어떤 일이 닥칠지 모르니까. 그러나 난 그 사람들에게 마음을 홀딱 빼앗겼고 그들이 말하는 대로 투자하면 금세 부자가 되고 파이어족이 될 줄 알았다. 그땐 그 사람이 나의 예수이자 부처이자 성모 마리아이자 산신령이자 점쟁이였는데. 이젠 파이어족이라는 단어만 떠올려도 헛웃음이 나온다. 내가 파이어족이 되는 것보다 파이어파이터가 될 확률이 확실히 더 높다.

"자기가 생각했을 때 내가 패션 리더야?"

갑작스러운 화제 전환에 웅이는 멍한 표정이 되었다.

"내가 옷을 아주 잘 입냐고?"

"자기 정도면 잘 입는 편이지. 몸매도 죽이고."

"아니, 그런 뜻이 아니라 내가 누굴 가르칠 정도로 대단한 전문가냐고."

"전문가까지는……."

"그래, 맞아. 나 전문가 아냐. 사실 나 잘 몰라. 근데 룩북 찍어서 올리고 이것저것 알려주고 그러잖아. 유튜브가 그런 곳이야. 나 같은 사람도 프로인 척 행세할 수 있는 공간이라고."

이제야 이해가 간다는 듯 웅이가 고개를 끄덕였다. 말귀를 알아먹은 것 같아 마음이 놓였다. 하지만 웅이는 생각보다 결단력이 있는 사람이었다.

"그래도 일단은 사봐야겠어. 아니, 사실 샀어."

"벌써 샀다고? 나랑 상의도 없이?"

"응, 아무리 생각해도 지금이 적기인 것 같아서. 승호도 빠진 거 곧 회복할 거래. 그래서 더 모으기만 하면 된대. 조바심 내지 말고."

이래서 친구를 잘 사귀어야 하는 법이다.

"얼마나 샀는데? 도대체 뭘 샀는데?"

"코인 조금, 주식 조금."

"얼마씩!"

화가 나서 빈 맥주 캔을 툭 쳤더니 쓰러졌다. 웅이가 놀라서 엉덩이를 뒤로 빼 물러났다.

"어디 가? 가까이 와서 앉아. 얼마나 샀냐고."

내가 멱살을 잡을 기세로 다그치자 웅이가 수줍게 대답했다.

"다 합쳐서 천만 원."

삼천만 원 대출받아서 천만 원으론 자전거 사고 다른 천만 원으론 투자하고 우리 웅이 아주 잘나가네? 남은 천만 원으론 뭘 할 생각일까. 투자한 건 아직 안 잃었냐고 물었더니 3% 벌었다며 헤벌쭉 웃었다. 이천만 원을 다 넣을걸 그랬다며 아쉬워했다.

그래, 그렇게 시작하는 거야. 초심자에겐 운이 따르는 법인데 그걸 자기 실력이라고 착각해서 과감해지는 거지. 그러다가 어느 순간 정신을 차려보면 마이너스가 찍혀 있는 계좌와 마주하게 되는 거란다. 그때 재빨리 손절이라도 해야 하는데 어설픈 자존심과 헛된 믿음으로 버티고 버티다가 끝없이 우하향하는 곡선을 지켜보게 된단다. 알겠니?

이 초짜야?

나는 투자 고수처럼 강의를 시작했다. 유튜브를 하도 많이 봐서 말로는 거시경제와 미시경제에 대해서도 온종일 떠들 수 있었다. 웅이도 입이 근질거리는지 중간에 계속 끼어들어 아는 척을 했다. 그나저나 은행은 뭘 믿고 우리 같은 아마추어 투자자에게 계속 돈을 빌려주는 걸까. 안 갚으면 어쩌려고. 아니 못 갚으면 어쩔 작정인가.

"자기야, 너무 걱정하지 마. 내가 열심히 해서 자기가 잃은 돈까지 다 벌어올게."

웅이가 다정하게 얘기해주니 마음이 포근해지긴 했다. 내가 여태껏 잃은 돈을 십 원 단위까지 알려주고 싶었다. 불안하지만 기대고 싶은 마음이었다. 알고 봤더니 웅이가 투자의 신이라면 얼마나 좋을까.

그날 우린 테트리스를 두 번 했다. 한 번은 콘돔을 끼고 또 한 번은 빼고. 콘돔 없이는 섹스도 없다고 생각했는데 분위기에 휩쓸려 빼버렸다. 웅이도 나도 말없이 동의했다. 운동을 꾸준히 해서인지 웅이는 예전보다 힘이 넘치고 더 거침없이 달려들었다. 이러다가 치골에 새겨진 문신이 지워지는 게 아닐까 싶을 정도로 열심히 권총을 핥아댔다.

"자기야, 오늘 어땠어?"

잠을 청하려고 누웠는데 웅이가 내 배를 살살 만졌다.

"그런 건 물어보지 마. 민망하게 왜 안 하던 짓을 해."

"별로였어?"

웅이가 실망하는 것 같아 엉덩이를 두들겨줬다. 아주 만족스러운 테트리스였다고, 사라지는 기분이었다고. 그 얘기에 흐뭇해하는 웅이가 너무 귀여웠다.

"우리 이제 앞으로 콘돔 없이 할까?"

"노콘노섹이라며."

"뭐가 어때? 어차피 없잖아."

"한, 민, 서."

웅이가 정색했다.

"아, 쏘리. 그런데 좀 전에는 왜 빼고 했어?"

"혹시 모르잖아. 다시 생겼을지도."

"뭐? 정자가 다시 돌아왔는지 확인하려고 콘돔을 뺐단 말이야?"

벌떡 일어나 웅이를 노려보았다.

"그러다 애 생기면 어쩌려고 그래?"

"명예 회복 하는 거지."

"뭔 소리야? 아이 가질 거야?"

"아니."

"그런데 왜 그런 소릴 하냐고."

웅이는 말없이 돌아누웠다. 아내가 말하고 있는데 감히 등을 보이다니. 있는 힘껏 등짝을 때렸다. 비명을 지를 줄 알았는데 미동도 없었다. 짝, 소리가 날 정도로 또 세게 때려도 반응이 없었다. 이대론 안 되겠다 싶어 올라타서 괴롭히려는데 웅이가 사타구니를 긁으며 나지막하게 읊조렸다.

"남자의 자존심이야."

자존심? 이불을 덮고 웅이가 말하는 남자의 자존심이 도대체 뭔지 고민했다. 고민할수록 알쏭달쏭했다. 다만, 최근에 웅이에게 일어난 일련의 행동에 영향을 미친 건 확실해 보였다.

*

퇴근 한 시간 전 웅이가 알려준 식당은 5성급 호텔에 있는 일식집이었다. 결혼기념일도 생일도 아닌데 고급스러운 식당에서 만나자고 했다. 퇴근하고 그곳으로 향하는데 마음이 참 묘했다. 이렇게 비싼 곳에 아내와 가기 위해 손수 예약한 웅이가 기특하면서도 한편으론 돈 걱정이 됐다.

식당을 검색해 가격을 살펴봤다. 미친 가격을 보니 눈가가 떨렸다. 설마 오늘 여기서 호캉스까지 하자는 건 아니겠지. 평일에도 아주 비싼 곳인데. 오마카세에 호캉스까지 하면 도대체 얼마야? 아니야, 잠까지 자고 가면 더 좋지. 예전부터 가보고 싶었던 호텔이잖아. 버킷 리스트로 남겨둔 곳인데 이럴 때 아니면 언제 가겠어. 그런데 이상하게도 발걸음이 무거웠다. 사실 오마카세도 호캉스도 슬슬 지겨워지고 있었다. 할 만큼 해봐서인지 어딜 가도 처음만큼의 감동이 없었다.

"자기야, 어디 아파? 회사에서 무슨 일 있었어?"

내 표정이 어두웠는지 웅이가 걱정했다. 난 짐짓 아무렇지 않은 척 미소를 지었다. 실제로 회사에선 아무런 일도 없었다. 일하는척하며 유튜브를 확인하고 주말이 오기만을 기다렸다. 웅이와 호텔에서 데이트하는 금요일 밤, 행복하지 않을 이유가 있을까.

"오마카세로 예약했어. 잘했지?"

"응, 좋아."

웅이가 자신감 넘치는 얼굴을 들이밀며 속삭였다.

"나 오늘 상한가 맞았거든."

"오 진짜? 얼마나 가지고 있었는데?"

솔직히 좀 놀라긴 했다. 시장이 그렇게 좋은 날도 아니었는데 상한가를 맞았다니. 웅이가 정말 투자 고수라면 우리 팔자가 달라질 수도 있겠다는 기대를 잠깐 했다.

"백만 원. 더 많이 샀어야 했는데 아쉽다."

"팔았어?"

"아니. 다음 주에 더 오를 거야."

이 남자의 확신, 부담스럽다. 오를 때 조금씩 파는 게 좋을 텐데. 좀 올랐다고 기쁨을 주체하지 못해 바로 오마카세 먹고 이러면 곤란한데. 내가 코치할 입장은 아니지만.

웅이는 업무 시간에도 끊임없이 연락했다. 조금 떨어지면 죽고 싶다고 하소연하며 다시는 투자하지 않겠다고 혼자 자책했다. 그러다 조금 오르면 이러다 아파트를 살 수 있을지도 모른다고 난리였다. 반토막이 난 것도 두 배를 먹은 것도 아닌데 2%, 3% 오르내릴 때마다 그러니 내가 죽을 맛이었다. 그래도 오늘은 월척을 낚았으니 아낌없이 칭찬해줘야겠다고 다짐했다. 내가 상한가를 맞은 건 언제였나. 손맛조차 기억나지 않는다.

주방장이 맛난 스시를 한 점씩 정성스레 내어주었다. 우린 어미 새를 기다리는 새끼처럼 잽싸게 받아먹었다. 이런 분위기를 싫어할 사람이 어디 있을까. 고급스럽고 프라이빗한 분위기, 솜씨 좋은 주방장, 신선하고 맛있는 음식. 웅이는 호들갑스럽게 사진으로 남겼다. 음식 사진으론 성에 차지 않는지 자기도 찍어달라고 부탁했다. 인스타그램에 올려야겠다며. 접시를 들고 천진난만하게 웃는 모습이 대단히 철없는 꼬마 같았다. 웅이가 나도 찍어주겠다며 달려

들었지만 왠지 내키지 않아 거절했다.

"자기, 오늘 기분 별로구나. 그럴 줄 알고 내가 호텔까지 예약했어. 여기서 자고 가자."

나는 스시를 입에 집어넣고 눈을 질끈 감았다. 방금 내가 얼마를 꿀꺽한 건가. 1인당 이십만 원, 대략 열몇 점 정도 나오니까 방금 먹은 건…… 만 오천 원 정도? 한 점에 이 정도면 당연히 맛있어야지. 암, 그래야지. 혀에서 금세 녹아버린 스시를 끝까지 음미했다. 그런데 쓴맛이 났다. 아주 쓴 약을 삼킨 것처럼. 남은 하이볼을 원샷하고 사케를 시켰다. 모르겠다 싶어 술을 쭉쭉 들이켰다. 맥주, 하이볼, 사케…… 슬슬 기분이 좋아졌다. 호텔방으로 올라갈 즈음엔 둘 다 세상 걱정 하나 없는 바보처럼 웃고 있었다.

서프라이즈는 거기서 끝이 아니었다. 반신욕을 즐기고 나오니 앙증맞은 상자가 침대에 놓여 있었다. 반신욕을 하다 말고 나가서 이걸 준비한 모양이었다. 웅이가 어서 뜯어보라는 식으로 고개를 끄덕였다. 삼십만 원 벌었다고 이러면 삼백만 원 벌면 아파트도 사주겠네? 나는 살짝 빈정거렸지만 기쁜 마음을 감추긴 어려웠다. 상자 포장을 뜯는데 심장이 두근거렸다. 설마 내가 평소에 갖고 싶어 했던 목걸이는 아니겠지? 그렇게 비싼 걸 사주면 어쩌란 말이야, 우리 형편에, 이것도 마이너스 통장으로 샀니? 내가 그랬지?

마통 뚫으면 인생이 달라진다고. 상자 안에 종이 포장이 또 있었다. 겉으로 만져보았다. '다행히' 귀금속은 아니었다. 급한 마음에 종이를 확 뜯어버렸다.

T팬티였다.

흥분됐던 마음이 싹 가라앉았지만 내색하지 않았다. 일단 예쁘다고, 고맙다고 했다. 남자가 상한가를 맞으면 없던 성적 페티시까지 생기는 건가. 아니면 갑작스레 호캉스를 가게 되어 속옷을 준비하지 못한 아내를 위한 배려인가. 그런 거라면 내가 평소에 입는 스타일로 사 오지 그랬니.

T팬티는 입은 적도 없고 그다지 입고 싶지도 않지만 오늘만큼은 웅이의 소원을 들어줘야겠다고 결심했다. 이렇게까지 노력했는데 나도 최소한의 성의는 보여줘야지. 가냘픈 T팬티를 허공에 들고 보여주자 웅이는 좋아서 어쩔 줄 몰라 했다. 이걸로 뭘 가릴 수 있을까. 하긴 가릴 수 없는 게 포인트니까. 보는 앞에서 바로 입어주려고 일어서는데 웅이가 쪼르르 다가왔다. 이 남자, 오늘 테트리스가 많이 하고 싶구나. 그런데 웅이는 나를 향해 달려드는 대신 T팬티를 가져가 차분히 내려놓았다.

"오늘 말고."

웅? 그럼 언제?

"자기야, 나 부탁이 있어."

예감이 좋지 않았다. 테트리스를 해야 할 순간에 이렇게 뜸 들여서 부탁할 일이 과연 좋은 일일까. 달려들지는 못할 망정 몸을 배배 꼬고 있었다. 화장실이 가고 싶은 건 아닐 테고. 설마 나더러 돈을 빌려달라는 건 아니겠지? 아무래도 자기가 나보다 투자에 소질이 있는 것 같다면서. 갑자기 아이를 갖자고 하면 어떡해? 짧은 순간에 별의별 생각이 다 들었다. 내 동공이 흔들리는 걸 봤는지 웅이가 침착하게 말을 이었다.

"나도 유튜브 해보고 싶어."

"유튜브?"

웅이 네가 무슨 유튜브야, 라는 말은 삼켰다. 하지만 흘러나오는 비웃음만큼은 숨길 수 없었나 보다. 웅이가 자신을 무시하는 거냐고 살짝 토라진척했다. 그러더니 옆에 바짝 붙어 앉아 애교를 떨었다.

"자기처럼 나도 유튜브 해보면 안 돼?"

"자기가 무슨 유튜브야? 콘텐츠는 있어? 뭐 할 건데?"

"룩북."

"뭐? 너 지금 사람 놀리냐?"

웅이가 룩북을 찍겠다니. 기가 차서 말문이 막혔다. 웅이도 처음 나의 룩북 영상을 발견했을 때 심정이 이랬을까.

"민서야, 나 지금 매우 진지하다고."

"영상은 찍을 줄 알아? 편집은?"

"내가 맨날 찍는 게 자기 사진이잖아. 내가 얼마나 잘 찍는데."

틀린 얘기는 아니었다. 연애 초반에는 사진을 아저씨처럼 찍어서 싫었는데 요즘엔 구도와 빛까지 섬세하게 신경 써가며 찍어주었다. 이게 다 A부터 Z까지 친절하게 가르쳐준 내 덕이다.

"사진이랑 영상이랑 같은 줄 아니?"

"다 같은 원리지 뭐. 금방 배울 수 있을 거야. 편집도 마찬가지고. 책도 샀어. 자기가 좀 가르쳐주면 더 좋고. 그리고 자기는 어차피 카메라 세워놓고 찍잖아."

"아, 됐고. 갑자기 무슨 룩북을 찍겠다는 건데?"

"자기랑 같이 찍을 거야. 일명 부부 룩북."

대답할 가치조차 느끼기 힘들다. 주식 상한가를 맞으면 뭐든 할 수 있다는 심각한 과대망상에 빠지는 건가. 나도 한번 상한가를 맞아보고 싶다. 그럼 내가 무얼 할 수 있을지 진지하게 고민해볼 텐데.

"자기야, 상처받지 말고 내 얘기 들어봐. 까놓고 말해서 자기 유튜브 지금 좀 정체돼 있잖아. 그래서 나도 내 나름대로 심각하게 고민을 해봤거든. 어떻게 하면 다시 살릴 수 있을까, 하고 말이야."

말하진 않았지만 '래빗 다이어리'에도 슬슬 흥미를 잃어가고 있었다. 웅이 말대로 나는 무엇이든 진득하게 하는 편이 아니다. 부끄럽지만 그건 나도 인정한다. 그게 나의 단점이라는 것도. 하지만 어쩌겠는가. 세상엔 해봐야 할 게 널렸고 시간은 유한하니 빨리빨리 하나씩 맛보고 넘어가야지. 이럴 때 쓰는 표현이 맞는지 모르겠지만, 말하자면 나는 경험주의자인 셈이다. 베이컨이라는 분이 말하지 않았는가. 우리가 경험하는 모든 것이 우리의 발전과 진보에 꼭 필요한 것이라고. 끊임없이 발전하기 위해선 꾸준히 경험해야만 하는 것이다.

　처음엔 구독자가 늘고 조회수가 올라가는 것만 봐도 행복했는데 점점 재미가 없어졌다. 무엇보다도 콘텐츠를 기획해 영상을 찍고 편집하는 게 너무 힘들었다. 기획, 촬영, 편집, 게시, 관리 모두 다 힘들고 스트레스 덩어리였다. 특히 편집은 시간을 무한대로 잡아먹었다. 대충 하려고 해도 하다 보면 욕심이 생기기 마련이었다. 편집하는 날은 밤을 거의 지새웠다. 그렇게 공들였는데 조회수가 지난 영상보다 적게 나오면 침울해졌다.

　보이지 않던 악성 댓글도 부쩍 늘어났다. 어지간하면 댓글은 안 보려고 노력하는데 쉽지 않았다. 특히 비난하고 빈정거리는 글에선 눈을 뗄 수가 없었다. 몸매가 별로다, 패

션 센스가 아쉽다, 이런 짓까지 해가면서 돈을 벌면 행복하
냐…… 하나하나 친절하게 답변해주려다가 참은 게 한두
번이 아니다.

솔직히 최근엔 지금까지 키운 게 아까워서, 조회수와 구
독자가 또 한 번 제대로 폭발하는 날이 오지 않을까 싶어
서, 누가 이기나 오기가 생겨서 꾸역꾸역 영상을 올리고 있
던 참이었다. 일주일에 두 번 올리던 것을, 한 번씩 올리다
가, 지금은 2, 3주에 한두 개도 겨우 게시하고 있었다.

"자기야, 채널명도 바꾸는 게 어때? 아니면 새롭게 만들
자."

관심은 없었지만 생각해본 게 있는지 물어봤다.

"토끼와 거북이 어때?"

"뭐?"

"별로야? 그럼 래빗 앤 터틀 다이어리?"

아무래도 이 남자가 제대로 미친 것 같았다. 오마카세 먹
고 호캉스까지 와서 싫은 소리를 하기가 좀 그런데. 뭐라
고 해야 이해시킬 수 있을까 고민하는 사이 웅이가 가방에
서 또 뭔가를 주섬주섬 꺼냈다. 가면이었다. 닌자 거북이
가면. 저렇게 조잡한 걸 어디서 구했을까. 다른 건 더 없어?
거북이가 들고 다니던 쌍절곤이나 창 같은 무기는?

웅이가 창가로 다가가 닌자 거북이 가면을 쓰더니 천천

히 워킹을 선보였다. 평생 바다에서 헤엄만 치던 거북이가 처음 뭍으로 나와 아장아장 걷는 것처럼 어색했다. 너무 웃겨서 배꼽 잡고 웃다가 하마터면 비싼 돈 주고 먹은 걸 다 토할 뻔했다. 내가 웃어주니까 용기가 생겼는지 웅이는 팔딱거리며 워킹을 수없이 반복했다. 옷도 하나씩 벗어가면서. 실오라기 하나 걸치지 않고 호텔방을 이리저리 걸어 다니는 웅이를 낚아채 침대에 눕혔다. 유튜브고 나발이고 무상무념으로 테트리스나 하고 싶었다.

웅이는 거북이 가면을, 나는 토끼 가면을 쓰고 카메라 앞에 섰다. 거실에 두 명이 나란히 서니까 더 좁게 느껴졌다. 화면에도 꽉 찰 것 같았다. 웅이는 자전거를 타러 가는 날도 아닌데 토요일 새벽부터 일어나 촬영 준비를 했다. 그동안 내가 영상 찍는 걸 수없이 많이 봐온 덕분에 알아서 척척 잘했다. 카메라 수평을 맞추는 건 모르는 것 같아 내가 알려주었다. 카메라 수평이 우리에게 대단히 중요한 건 아니었지만 웅이는 메모까지 하며 새겨들었다.

오늘 소개할 컨셉도 웅이가 직접 정했다. 신혼부부의 나들이 룩, 이라나 뭐라나. 패션 감각이라곤 눈곱만큼도 없는 양반이 패션쇼를 기획하다니. 웅이는 오늘을 위해 옷까지 샀다. 원래 가지고 있던 옷으로는 답이 없긴 했다. 내 옷도 웅이가 골라주었다. 입어야 할 순서대로 행거에 질서 정연하게 걸려 있었고 웅이가 한 번 더 그 순서를 짚어주었다.

"여보, 그거 입었지?"

촬영을 막 시작하려는데 웅이가 마지막으로 점검했다.

"뭐?"

"내가 사준 거."

내가 갸웃거리자 실망하는 눈빛이었다.

"T팬티 말이야. 그거 입어야지."

그러면서 웅이가 바지를 살짝 내려 팬티를 보여줬다. 조막만 한 삼각팬티였다. 수영 강사들이나 입을법한 아슬아슬한 수영복 느낌이었다. 평소엔 사각팬티만 입는 사람인데. 내 남편이지만 시선을 어디에 둬야 할지 몰랐다. 눈을 가리자 웅이가 달려들어 날 껴안았다.

"한번만 찍어보자. 그림이 어떻게 나오는지. 자기 그거 입으면 진짜 장난 아닐 거야."

그러면서 가냘픈 팬티만 걸친 그 부위를 내 허벅지에 비벼댔다. 촉감이 야릇해 순간 닭살이 돋았다.

"뭐 하는 거야 진짜."

내가 카메라를 의식하자 웅이는 어차피 녹화 버튼을 누르지도 않았다며 당당했다. 내가 T팬티를 입지 않으면 진도를 나가지 않을 태세였다. 남편의 집요함에 당황해 못 이기는 척 팬티를 갈아입는데 너무 혼란스러웠다. 이 남자는 진짜 이걸 찍어서 유튜브에 게시하겠다는 건가. 아니면 나를 골탕 먹이려고 장난치는 건가. 소원이라고 하니 일단 찍어주긴 하겠는데…… 하긴 웅이가 어떻게 영상 편집까지 하겠어. 그렇게 생각하니 마음이 한결 가벼워졌다. 물론 며칠 후 안일했던 내 태도를 반성해야 했지만.

대충 찍고 그만할 생각이었는데 웅이는 몇 번이고 다시 찍었다. 자신이 정말 감독이라도 된 것처럼 NG, NG, NG를 반복했다. 방금 찍은 영상을 돌려 보면서 나더러 이래라저래라 지시하기도 했다. 봉테일 저리 가라였다. 웅테일도 보통이 아니었다. 너무 진지해서 좀 웃겼다. 장르가 코미디인지 로맨스인지 에로인지 다큐인지 헷갈리기도 했고. 이제 카메라 끄고 천만 원짜리 자전거나 타러 나가라고 하고 싶었다.

"자기야, 멘트한 다음 바로 워킹하지 말고 살짝 텀을 뒀으면 좋겠어. 지금은 조금 급해 보이거든. 빨리 멘트해서 해치우려고 하지 말고. 여유롭게, 엘레강스하게, 프로페셔널하게."

웅이가 직접 준비한 대본에 밑줄을 그어가며 설명했다. 얼마 전까지만 해도 내가 영상을 찍는답시고 웅이를 부려먹었는데. 그때 귀찮고 힘들었을 웅이의 마음을 헤아리며 이번엔 잠자코 듣기만 했다.

그래, 그게 뭐 어려운가. 여유롭게, 엘레강스하게, 프로페셔널하게, 이건 뭐 일도 아니지. 난 프로 유튜버인데.

웅이의 지시대로 우리 집에 관객이 가득 차 있다고 생각하고 걷기 시작했다. 침실, 옷방, 화장실, 현관에 사람들이 옹기종기 모여 우릴 바라보고 있다고 상상했다. 여기서 기자회견을 하면 어디서 해야 하나. 아무래도 거실이 낫겠지?

우리 부부의 비주얼? 나쁘지 않지. 아니, 이 정도면 아주 훌륭하지. 웅이를 좋아하게 된 가장 큰 이유는 단연 외모였다. 약간 억울하게 생긴 원빈? 처음 봤을 땐 진짜 원빈인 줄 알았다. 누가 뭐래도 '얼빠'인 나는 처음부터 빠져들었다. 물론 그 미묘한 차이가 꽤 크다는 건 사귀면서 차차 알게 되었다. 가끔 '원반'이라고 놀리곤 했는데 그럴 때마다 웅이는 재미없다며 정색했다. 외모치고 수더분한 성격, 착하고 바른 마음씨, 근면 성실한 태도. 하나 아쉬운 게 있다면 돌발 행동을 전혀 하지 않고 그래서 재미가 좀 없는 거였는데. 지금 보니까 너무 어이없이 웃기네?

끽해야 3미터도 안 될 것 같은 거리를 웅이는 재바르게 오갔다. 행거에 걸려 있는 다른 옷으로 갈아입을 때도 멘트를 쉬지 않았다. 맨살이 노출되는데도 거리낌이 없었다. 끼라고는 전혀 없는 사람인데 혼자 연습을 꽤 했는지 그럭저럭 봐줄만했다. 장난이 아니라 진짜 모델이 됐다고 여기는 듯했다. 그러고 보니 웅이랑 함께 뭔가를 해본 건 정말 오랜만이었다. 항상 내가 채찍질해야 움직이는 사람이었는데 오늘만큼은 아니었다. 오히려 당근으로 날 유혹했다. 그런 적극적인 모습이 낯설었으나 한편으론 반가웠다.

웅이는 병원에서 그 소식을 들은 이후 한동안 풀이 죽어 있었다. 며칠 동안 말을 한 마디도 하지 않은 적도 있었고 초점 없는 눈으로 작은 집을 부유했다. 덕분에 이번 여름은 휴가도 제대로 다녀오지 못하고 흘러갔다. 발리에 가보고 싶었는데 분위기가 영 엉망진창이라서 말았다. 웅이가 아이스크림처럼 녹아버리진 않을까 걱정이 되기도 했고. 그때를 생각하면 지금이 훨씬 낫다.

웅이가 갑자기 가면을 벗더니 날 빤히 바라보았다. 나도 가면을 벗었다. 야한 속옷 차림으로 거북이와 토끼 가면을 들고 있는 우리 모습이 흥미로웠다. 이참에 '토끼와 거북이' 동화를 영상으로 찍어볼까. 좀 야한 버전으로 재해석해서 보여주면 흥미로울 것 같은데.

"여보, 계속 무슨 생각해? 집중해야지 집중."

난데없이 웅이가 설교를 시작했다. 무슨 맥락인진 모르겠으나 순간이 인생을 좌우한다는 말이었다. 지금이 그런 순간인가. 우리 인생에서 그렇게 중요해? 일장 연설을 듣고 다시 촬영에 임했다. 잔소리를 들어서 그런지 몰입도가 확 높아졌다. 이왕 찍는 김에 잘하고 싶었다. 역대급 토끼와 거북이를 보여줘야겠다고 다짐했다.

촬영은 오후 1시에 끝났다. 물 한 잔도 여유롭게 마시지 못하고 장장 네 시간 동안 찍었다. 모델도 아무나 하는 게 아니다. 나는 T팬티 차림으로 침대에 쏙 들어갔다. 이대로 한숨 자야 할 것 같았다. 웅이는 지치지도 않는지 곧바로 카메라 장비와 옷가지를 정리했다. 잠깐 쉬고 같이 정리하자고 해도 듣지 않았다. 냄비에 물을 올리고 라면도 알아서 끓였다. 라면 냄새를 맡으니 배가 엄청 고팠다.

"세 개 끓였어. 이거 찍는다고 며칠 식단을 조절했더니 배가 너무 고파."

"이거 때문에 운동도 더 열심히 하고 탄수화물도 줄인 거야?"

"물론이지. 자기도 그랬잖아."

"나는 다이어트가 일상인 사람이고. 우리 웅이는 지금도 충분히 잘생겼으니까 살 안 빼도 돼."

"가면 쓰고 해서 얼굴은 보이지도 않잖아."

용기를 북돋아주려고 했는데 핀잔만 들었다.

"그럼 벗고 찍어."

"진짜? 같이?"

나는 대답 대신 국물을 한 입 떠먹었다. 술을 마신 것도 아닌데 해장이 되는 기분이었다. 웅이도 냄비에 얼굴을 박고 라면을 흡입했다. 그나저나 T팬티도 입고 있으니 금세 적응됐다. 라면을 먹다 말고 옷방으로 쪼르르 달려가 잠옷을 내리고 거울에 비친 뒤태를 살펴봤다. 거실로 와서 웅이에게도 엉덩이를 들이밀었다. 웅이는 본척만척하며 라면을 먹었다. 입어달라고 애원할 땐 언제고.

"삼각팬티는 안 불편해?"

"불편하지. 그래도 뭐 어쩌겠어."

난 김치를 먹으며 뒷말을 기다렸다.

"더 흥미로운 영상을 위해선 감내할 수밖에 없잖아."

웅이의 진지한 태도가 다소 당황스러웠다. 그때 눈치를 챘어야 했는데. 이것저것 얘기하는 게 귀찮기도 하고 배가 너무 고파 조용히 라면을 먹었다.

*

나의 유튜브 '래빗 다이어리', 아니 우리의 유튜브 '래빗 앤 터틀 다이어리'에 그날 찍은 영상이 올라온 건 일주일도 채 지나지 않아서였다. 예고도 없이 게시된 영상을 보며 처음엔 해킹이라도 당한 줄 알았다. 하긴 어떤 할 짓 없는 인간이 보잘것없는 우리 계정이나 해킹하고 있을까.

영상 편집을 한 번이라도 해본 사람이라면 그게 얼마나 귀찮은 일인지 잘 알 거다. 촬영이야 운이 좋으면 한 번에 할 수 있지만 편집은 그럴 수 없다. 똑같은 영상을 수없이 돌려보면서 편집점을 찾아야 한다. 여기저기 붙여보며 가장 매끄러운 부분을 장인의 손길로 정확히 짚어내야 하고. 고도의 집중력, 흔들림 없는 체력, 건강한 눈 그리고 무한한 시간을 요구하는 고된 작업이다.

우리의 영상을 웅이가 직접 편집해 유튜브에 게시한 것은 놀랄만한 일이었다. 나는 그렇다 치고 자신도 속옷 노출을 한 걸 버젓이 올리다니. 아무리 가면을 쓰고 있다지만 선비에게 어울리지 않는 행동이었다. 내가 썹선비라고 놀려서 단단히 자극을 받은 건가.

웅이의 영상 편집 실력 또한 충격이었다. 어색한 부분이 전혀 없고 매우 깔끔했다. 예술적 재능이라곤 없는 사람인 줄 알았는데 착각이었다. 처음 편집해본 사람치고는 대단했다. 모르긴 몰라도 영상을 수백 번 넘게 돌려 본 게 분명했다. 역시 뭐든 하면 성실하게 잘 해내는 사람이다.

하지만 화가 치밀어 오르는 건 왜일까. 회사에서 영상을 몰래 반복해 보면서 계속 고민했다. 고민할수록 분노가 쌓이는 기분이었다. 사무실을 박차고 나와 무작정 걸었다. 흡연 구역에 모여 담배를 태우는 사람을 보니 오랜만에 한 대 빨고 싶었다. 하늘을 바라보며 연초 맛을 보니 날아갈 것 같았다. 담배 연기 사이로 웅이의 얼굴이 비쳤다. 담배를 한 모금 깊게 빨면서 다시 생각에 빠져들었다.

난 도대체 왜 화가 난 걸까.

웅이가 나와 한마디 상의도 없이 영상을 올려서? 최소 한 번은 보여주고 허락을 받아야 하는 게 도리 아닌가? 내 유튜브 계정을 마음대로 사용해서? 내가 언제 비밀번호까지 알려줬었지? 최근 운동을 게을리한 내 몸매가 별로라서? 우리의 어설픈 워킹 솜씨가 사람들에게 들통나서? 웅이가 영상 편집을 나보다 더 잘하는 것 같아서? 내가 올린 영상보다 조회수가 더 빠르게 늘어나서? 내가 남편을 진두지휘해야 하는데 반대로 끌려다녀서?

이 모든 게 이유 같지 않았지만, 이유가 아닌 것도 아니었다. 그런데 웅이는 영상을 올려놓고도 왜 말이 없는 걸까. 이게 가장 거슬렸다. 내가 먹고 싶은 것을 함께 먹어주고, 내가 가고 싶은 곳에 함께 가주고, 내가 하고 싶은 것을 함께해주는 남자였는데. 본인이 하고 싶은 것은 없었는데, 설령 있어도 나한테 먼저 보고부터 하던 사람이었는데.

내 손아귀에서 빠져나가고 있는 웅이의 모습이 떠오르자

속에서 불이 났다. 담배를 한 대 더 피우려는데 전화가 왔다. 웅이였다.

내 목소리가 별로였던지 웅이는 왜 화가 났냐며 안절부절못했다. 이미 열받아 있는 사람에게 왜 그러냐고 물어보면 더 화가 나는 법이다. 웅이는 전화를 끊지 않고 집요하게 물어댔다. 내가 떠올린 이유를 하나씩 나열하면서. 이 정도면 웅이도 알고 있는 거다. 자신이 내 신경을 건드리고 있다는 걸. 나는 매우 건조하게 지금 기분이 아주 좋다고만 답했다.

"기분 좋은 목소리가 아닌데? 내가 이러니까 싫은 거야? 영상 찍고 편집하고 게시하고 다 마음에 안 들어?"

"그게 왜 마음에 안 들어? 난 다 좋아. 내가 바라던 일인데."

"그래? 정말이지? 다행이야. 난 또 자기가 싫어하는 줄 알았지."

"그런데."

"그런데 뭐? 왜?"

담배를 한 모금 빠느라 잠시 침묵하자 웅이가 왜 그러냐며 달려들었다. 무슨 말을 해야 할까. 이제 할 만큼 했으니 그만 설치고 내가 시키는 것만 하라고 경고해야 하나. 장고 끝에 악수 둔다고 했던가.

"우리 웅이 워킹 연습 좀 더 해야겠더라. 그게 뭐야? 사람들한테 비웃음이라도 사고 싶어? 댓글을 읽어봐. 남자가 걷는 게 너무 웃기다잖아. 컨셉이 개그도 아닌데 그러면 안 되지. 그럴 거면 차라리 워킹은 하지 마. 굳이 안 걷고 패션만 보여줘도 되잖아. 집도 좁아서 걸어봐야 몇 미터 되지도 않고. 사실 룩북 찍는 사람 대부분 워킹은 안 해. 물론 그게 우리의 색다른 점이긴 하지만."

나는 쉬지 않고 몰아붙였다.

"그리고 몸매도 아직 멀었어. 짧긴 해도 몸이 노출되는 순간이 있잖아. 사람들이 보면서 뭐라고 하겠어? 저런 애들도 모델이라고 까분다고 하겠지. 그리고 그 배에 털, 인간적으로 그건 좀 아니지 않니? 우린 초보고 아마추어야. 그럴수록 프로를 지향해야 해. 프로는 아마추어를 지향해야 하는 거고."

어디서 주워들은 얘기를 마음대로 떠들었다.

"자기 팩폭 장난 아니다. 마음은 아프지만 받아들이겠어."

들떠 있던 웅이가 차분하게 가라앉았다. 그러면서 진지하게 다짐을 반복했다. 프로 모델 뺨치는 워킹을 보여주겠다고.

의도한 바는 없었지만 웅이는 워킹 연습에 몰두했다. 본인 말로는 회사에서도 모델처럼 걸어 다닌다고 했는데 사실인지 아닌지 알 길이 없었다. 확실한 건 집에선 이상하게 걸어 다녔다. 화장실 갈 때, 출근할 때, 침실에 들어올 때, 옷방에 갈 때, 퇴근할 때. 작은 집에 빈 곳 없이 발자국을 남기는 게 새로운 목표인 것처럼.

책도 사서 읽고 유튜브로도 워킹을 공부했다. 그럴 때 건드리면 방해하지 말라고 유난을 떨었다. 누가 보면 고3 수험생이라도 되는 줄 알겠다. 저 정도의 열정이면 다시 대학에 가고도 남을 지경이었다.

헬스장 PT도 재등록했다. 1회 30분에 십만 원짜리였다. 이 남자가 돈 아까운 줄도 모르고. 내가 뱉은 말도 있고 웅이가 너무 진심이어서 훼방을 놓진 않았다. 식단까지 짜서 몸을 만들겠다는데 어쩌겠는가. 나도 동참할 수밖에. 그래도 옆에서 누군가가 으쌰으쌰 힘을 내니 덩달아 의욕이 생겼다. 그 귀찮았던 편집을 웅이가 해주니까 훨씬 편하기도 하고. 콘텐츠를 기획하는 것도 제법이었다.

어느 날 웅이는 가슴과 배에 미역 줄기처럼 얽혀 있던 털까지 제모를 해왔다. 본인 스스로 왁싱 숍을 검색해 알아보고 그곳에 제 발로 걸어가서 털을 떼고 오다니. 중심부 털까지 왁싱을 할지 진지하게 고민하고 있다고 했다. 내가 예전에 왁싱하고 팬티 바람으로 찍자고 아무렇게나 말했던 걸 그대로 실천하고 있었다. 난 인정할 수밖에 없었다. 내 남편은 유튜브에 정말 진심이었다. 웅이는 우리의 상황을 이렇게 진단했다.

"부동산도 놓치고 주식과 코인도 시원찮은 우리에게 유튜브는 마지막 동아줄인 셈이지."

웅이의 '무지막지한 노력'을 밑천으로 부지런히 영상을 올리다 보니 구독자도 어느새 2만 명이 넘었다. 신혼부부 속옷 추천 영상이 대박을 터뜨리면서 새로운 사람들이 많이 유입되었다. 아주 야한 붉은색 속옷을 입고 찍은 영상이었다.

지난달에는 유튜브 수입으로 이십삼만 오천 원을 벌었다. 현재까지 최고 기록이다. 웅이는 유튜브로 돈을 벌 수 있다는 사실에 대단히 감격했다. 물론 그보다 훨씬 더 많은 돈을 쓰긴 했지만 그건 중요하지 않아 보였다. 우리는 이제 딩크족을 넘어 팅크족이라나 뭐라나. 'Double Income No Kids'가 아니라 'Triple Income No Kids'라고. 유튜브로도 돈을 버니까 수입원이 세 개라는 뜻이었다. 그럼 주식과 코인으로도 벌면 어떤 종족이 되는 걸까. 포크족? 파크족?

웅이는 다음에 찍을 '청청 패션'을 위해 청바지와 청 재킷을 바로 주문했다. 지난번에는 위아래 같은 톤의 청청 패션을 선보였으니, 이번엔 위는 살짝 짙고 아래는 조금 옅은 청청 패션을 보여주겠다면서.

이미 옷방은 발 디딜 틈이 없을 정도로 옷이 쌓여 있었다. 장롱은 민소매 하나 더 넣기도 어려워진 지 오래였다. 사실 장롱엔 거의 내 옷뿐이었다. 뒤늦게 사재기를 시작한 웅이의 옷은 바닥에 널브러져 있었다. 아이는커녕 옷을 위해서라도 더 넓은 집으로 가야겠다고 생각했다. 그러기 위해선 웅이 말대로 열심히 해서 구독자 10만 명을 빨리 달성해야 할 것 같았다.

구독자가 늘수록 부정적인 댓글도 부쩍 많아졌다. 보기 좋다며 응원하는 사람이 있는가 하면, 부부가 돈 벌려고 발악한다, 말세다 말세, 부부 아닌데 부부인 척하는 거다, 패션 센스가 아주 별로다, 자신 있으면 얼굴 까라, 가면 촌스럽다 등 헛소리를 지껄이는 인간도 많았다.

웅이는 댓글 따위는 신경 쓰지 않는다면서도 은근히 기분이 나쁜 눈치였다. 어떤 날에는 노트북 앞에 앉아서 댓글을 하나하나 읽으며 성심성의껏 답변을 달아주고 있었다. 악성 댓글에도 일일이 답해주고 있었는데 눈에서 레이저가 나올 것 같았다. 시도 때도 없이 와서 이상한 댓글을 다는 인간에게는 만나서 '현피' 뜨자고까지 했다. 우리 웅이 싸움 잘 못할 텐데. 진짜 만나서 피떡이 돼서 돌아오면 어쩌나.

어느 순간 우리의 일상은 유튜브로 시작해 유튜브로 끝났다. 웅이는 아침에 일어나자마자 구독자와 조회수를 확인했다. 잠자리에 누워 코를 골기 전까지 끊임없이 유튜브 계정에 드나들었다. 시청자의 성별, 연령, 국가 등도 일일이 분석해 고민했다. 새로운 구독자 확보를 위해 다른 스타일의 영상을 기획할지, 혹은 관심을 많이 보이는 층에 집중하는 전략을 고수할지 하나씩 따져보았다.

우리의 대화도 유튜브로 점철되었다. 다음 영상은 뭘 찍을까, 지난번 영상은 왜 조회수가 안 나올까, 10만 구독자 달성하면 이벤트로 뭘 할까, 그건 일단 5만 아니 3만 명부터 달성하고 고민하자, 우리 채널이 정체된 느낌인데 돌파구가 없을까, 아무래도 가면을 쓰니까 한계가 있는데 진짜 벗고 할까, 우리가 그럴 용기가 있을까, 사람들의 시선을 감당할 자신은 있나.

난 어쩐 일인지 이런 대화를 거듭할수록 흥미를 잃어갔다. 유튜브로 돈을 버는 건 나의 작지만 큰 꿈이었는데 의욕이 점점 사라졌다.

주도권을 웅이에게 완전히 빼앗겼기 때문일까. 우리가 부부가 아닌 동업자처럼 느껴지기 때문일까. 의도적으로 노출하는 게 마음에 걸리기 때문일까. 아직 수입이 미약하기 때문일까.

투자한 시간에 비해 수입은 한없이 초라했다. 시급으로 따지면 백 원도 되지 않을 것 같았다. 그것도 두 사람 합쳐서고, 각자 시급을 생각하면 오십 원 정도?

하지만 이 얘기를 웅이에게 하진 않았다. 앞만 보면서 내달리는 그를 말릴 방도가 없었다. 웅이는 앞을 향해 전속력으로 질주하면서 나를 챙기는 것 또한 잊지 않았다. 내가 집중하지 못하면 웅이가 나서서 내 마음을 다잡아주었다. 초심을 잃지 말라고. 우리가 나아가야 할 지점을 정확히 주시하라고. 웅이의 설교 시간이 길어질수록 유튜브가 하기 싫은 숙제처럼 느껴졌고 반항하고 싶은 마음이 커졌다.

"나한테 이래라저래라 하지 마. 나도 최선을 다하고 있잖아."

"아니야. 난 눈빛만 봐도 알 수 있어. 자기는 있잖아, 하고 싶은 게 있을 때, 갖고 싶은 게 있을 때 눈빛이 이글거려. 후광이 비치기도 하고. 그래서 가까이 가면 온기가 느껴진다고. 유튜브를 처음 시작했을 땐 자기 근처에만 있어도 따뜻했어. 아니, 뜨거웠지."

"내가 무슨 태양이야?"

"태양 저리 가라지. 그런데 지금은 아니야. 미적지근해,

차가워. 영원히 자취를 감추려고 하는 그믐달 같아. 알아, 나도 자기가 힘들다는 거."

"오빠가 알긴 뭘 알아?"

"민서야, 내가 왜 모른다고 생각해?"

"말해봐. 내가 왜 그런지."

웅이는 고민하지 않고 대뜸 말했다.

"하루빨리 구독자 10만 명 달성하고 싶은데 못해서 그런 거잖아."

"그런 거 아니야. 그냥 정신적으로도 그렇고 체력적으로도 그렇고 좀 지쳤어."

나약한 모습은 보여주기 싫었는데 어쩔 수 없었다. 잠이 부족한 건 사실이었다. 예전엔 일주일에 한 번 올릴까 말까 했던 영상을 이젠 최소 세 번 이상 올리고 있었다. 자주 올릴수록 구독자와 조회수가 늘어나고 그게 곧 돈이라는 게 웅이의 신념이었다.

하루 찍고 다음 날 편집해서 게시하고, 그다음 날 또 영상을 찍는 강행군이었다. 편집은 웅이가 알아서 했지만 나라고 손 놓고 있을 수만은 없었다. 중간중간 기획도 새로 하고 짧은 영상도 제작해야 했다. 퇴근하자마자 집에 달려와 밥도 제대로 먹지 못하고 토끼 가면을 쓰고 있노라면 피곤해서 눈 밑이 파르르 떨렸다. 웅이의 완벽주의는 점점 심해졌고 촬영은 줄곧 새벽까지 이어졌다. 토끼 귀를 잡아 뜯고 거북이 등껍질을 몸통에서 분리해버리고 싶을 즈음에야 웅이는 카메라를 껐다.

녹초가 되어 침대에 쓰러졌는데도 잠이 오지 않았다. 웅이는 곧바로 잠에 빠져 코를 골기 시작했다. 덩달아 장단을 맞추듯 윗집 말발굽도 뛰기 시작했다. 쟤는 오밤중에 뭘 하는 걸까. 한동안 조용하더니. 오늘은 애인이라도 데려왔는지 발소리가 동시다발적으로 들렸다. 어쩌면 진짜 말처럼 네 발로 달리고 있는지도 몰랐다.

"웅아, 윗집 남자 네 발로 달리고 있어."

컹컹컹, 웅이는 코로 대답했다. 조용해지는가 싶더니 신음이 들렸다. 뭔 소리인가 싶어 귀를 쫑긋 세우게 됐다. 침대 삐거덕거리는 소리가 점점 커졌다. 그러고 보니 테트리스를 하지 않은 지도 오래다. 웅이는 테트리스에도 전혀 관심이 없는 것 같다. 손을 뻗어 웅이의 그곳을 만져보았다. 힘없이 축 처져 있었다. 유튜브가 모든 걸 집어삼키고 있었다. 나도 모르게 손아귀에 힘이 들어갔다. 웅이가 앓는 소리를 냈다.

도저히 잠을 청할 수가 없어 거실로 나왔다. 소파에 앉아 홀로 글렌피딕 15년산을 홀짝거렸다. 구독자 2만 명을 달성했을 때 기념으로 사둔 것이다. 3만 명 넘으면 18년산,

10만 명 돌파하면 40년산을 마시자고 약속했다. 물론 40년 산은 100만 명 정도는 돼야 먹을 수 있을 것 같긴 하지만. TV도 틀지 않고 윗집 소리를 안주 삼아 마시다 보니 금세 취했다.

그나마 내일은 금요일이라는 게 큰 위안이었다. 퇴근하고 고기라도 굽고 싶은데 주말에 찍을 영상을 위해 웅이와 쇼핑하기로 한 건 불행이었다. 남편과의 쇼핑만큼 행복한 일이 없었는데 이젠 조금 두려운 마음마저 생겼다. 지금 우리가 치킨 게임을 하는 건 아닌가, 하는 생각마저 들었다. 누구 한 명이 먼저 두 손 두 발 다 들 때까지 계속 물건을 사는 것이다. 그렇다면 내가 지고 싶은 마음은 추호도 없었지만 웅이가 비싼 가게에 성큼성큼 들어갈 때, 나도 모르는 택배가 문 앞에 쏟아져 있을 때 혈압이 한없이 높아졌다.

*

"역시 노력은 배신하지 않아. 지극정성으로 노력하면 뭐든지 다 해낼 수 있는 거야."

구독자 수 3만 명을 달성한 후 웅이는 이 말을 입에 달고 살았다. 이 기세라면 올해가 지나가기 전에 10만 명을 돌파하고 실버 버튼도 받을 수 있을 거라며 기뻐했다. 새해가

한 달 남은 시점이었다. 10만 명은커녕 4만 명만 넘겨도 대성공일 것 같았지만, 웅이는 10만 명쯤은 식은 죽 먹기라고 장담했다. 어느 순간부턴 구독자가 기하급수적으로 증가할 거라며.

웅이가 내 두 손을 꼭 붙잡고 마지막 12월까지 열심히 해서 유종의 미를 거두자는데 부담스러워 죽는 줄 알았다. 올해는 송년회도 다 건너뛸 거라고 했다. 그 말은 나도 그래야 한다는 뜻이었다. 연말엔 그간 못 본 친구도 좀 만나면서 쉬엄쉬엄하자고 말해봤지만 웅이는 완강했다. 술친구만큼 쓸데없는 게 없다고, 물 들어올 때 신나게 노를 저어야한다고, 지금 미리 고생해두면 내년이 훨씬 편안할 거라고.

웅이가 노트북을 TV에 연결해 12월에 찍을 영상을 차례대로 소개했다. 나는 소파에 앉아 프레젠테이션을 지켜봤다. 일명 '실버 버튼 프로젝트'라고 했다. 한 달 동안 영상을 무려 스물다섯 편이나 찍자는 것부터 매우 거슬렸다. 우리가 전업 유튜버도 아닌데 무슨 수로? 아주 짧은 영상도 포함돼 있었지만 짧다고 해서 제작이 쉽거나 만만한 건 아니다. 도대체 언제 이걸 다 기획한 걸까. 아이디어가 서로 겹치는 게 없고 하나같이 그럴싸했다. 머리를 싸매고 고민한게 틀림없었다. 회사에 일이 없나? 나 몰래 회사를 그만둔건 아니겠지?

중간중간 이상한 소리도 양념처럼 가미되었다. 우리의 진정성을 보여줘야 구독자도 응답한다, 하늘은 스스로 돕는 자를 돕는다, 가장 어두울 때는 해 뜨기 직전이다…… 이런 소리는 직장에서 배운 게 틀림없었다. 아니면 유튜브에서 자기 계발 영상을 많이 봤거나. 갑자기 진정성이 왜 나오고, 생뚱맞게 하늘이 누굴 왜 돕는단 말인가.

일일이 따지고 들다가는 잠을 청할 수 없을 것 같아 내버려두었다. 안 그래도 최근엔 불면증에 시달리고 있었다. 어렵사리 잠이 들어도 괴상한 악몽에 시달리다가 깨기 일쑤였다. 내가 구독자에게 머리채를 붙잡히기도 하고, 웅이가 발가벗고 시내를 질주하는가 하면, 우리 둘 다 연예인 병에 걸려서 모든 재산을 하루아침에 탕진하기도 하는 그런 꿈이었다.

나는 어디서든 머리만 대면 잠드는 스타일이었기에 이런 상황이 낯설었다. 잠이 오지 않으니까 쓸데없는 고민만 늘었다. 뒤척이며 천장을 바라보고 있노라면 별생각이 다 들었다. 점점 더 예민해졌고 윗집 말발굽의 발목을 꺾어버리고 싶어졌다. 하지만 얼마 지나지 않아 우리의 발바닥부터 점검해야 한다는 사실을 깨달았다.

아랫집 여자가 찾아왔을 땐 수치스러워서 내 발바닥을

도끼로 찍어버리고 싶었다. 우리 집이 조금이라도 넓었으면, 10평이 아니라 20평만 되었어도 어딘가에 꼭꼭 숨었을 텐데, 그럴 곳이 마땅치 않아 아랫집과 마주해야만 했다.

모처럼 촬영이 일찍 끝나서 즐거워하고 있을 때였다. 간단하게 한잔하려고 안줏거리를 고민하고 있는데 벨이 울렸다. 배달 음식을 주문하지도 않았기에 의아해하면서 웅이가 문을 열어주었다.

내 또래로 보이는 여자는 오가며 본 적이 없는 사람이었다. 여자는 이렇게 불쑥 찾아와서 죄송하다며 조심스럽게 얘기를 꺼냈다. 이사 온 지 한 달밖에 되지 않았지만 하루도 제대로 잠을 자지 못했다고 하소연했다. 혼자만 살면 참고 지내겠는데 아이들이 계속 깨는 바람에 어쩔 수가 없었다고.

"늦은 시간에 올라가도 되나 정말 고민을 많이 했어요. 어차피 애가 뛰고 구르는 걸 텐데, 같이 아이를 키우는 입장에서 좀 그렇잖아요. 메모만 남기려고 하다가 그것도 예의가 아닌 것 같기도 하고. 인사도 드릴 겸 얼굴 뵙고 얘기하는 게 좋을 것 같아서요."

그러면서 여자는 휴지 한 꾸러미를 선물로 건넸다. 안 받는다고 해도 막무가내로 들이밀었다. 웅이가 못 이기는 척 받았다.

여자는 우리 집에도 아이들이 있는 줄 아는 것 같았다. 우리가 밤마다 영상을 찍는답시고 소란 피우는 걸 아이들이 그런다고 오해하는 거였다. 하긴 윗집 부부가 유튜브에 미쳐 있다고 상상하기란 쉽지 않을 테니까. 윗집 말발굽 때문에 스트레스를 그렇게 받았으면서 내가 가해자가 될 수도 있다는 생각은 해보지 못했다. 여자 혼자서 무섭지도 않나, 남편을 보내지, 얼마나 화가 났으면 직접 찾아왔을까. 얼굴이 화끈거려 웅이 뒤로 슬쩍 숨었다. 미안해하는 여자를 보니 내가 더 미안해졌다.

"아이 키우는 게 많이 힘드시죠? 저희 아이들도 도통 말을 안 들어서요. 뛰지 말라고 하면 더 뛰거든요. 아랫집에도 정말 미안해 죽겠어요. 바닥에 매트를 다 깔긴 했지만, 그런다고 소리가 아예 안 나는 건 아니니까요."

여자가 우리 집을 슬쩍 들여다보았다. 매트를 찾는 건지 아이를 찾는 건지. 거실에는 촬영 장비들이 널브러져 있었다. 나는 몸을 살짝 움직여 여자의 시선을 차단했다. 그러자 여자는 현관을 살펴보았다. 아이 신발이라도 찾는듯했다. 아이의 흔적이 없어서 좀 당황하는 눈치였다. 솔직하게 말할까, 고민하는 사이에 웅이가 나섰다.

"죄송합니다. 저희도 조심하겠습니다. 여태껏 이런 적이 없어서 층간소음이 없는 줄 알았어요. 바닥에 매트도 깔고 우리 아이도 교육을 제대로 하겠습니다."

"제가 더 죄송하죠. 다 같은 처지인데 이렇게 불쑥 찾아와서요."

"아니에요. 정말 죄송해요."

우린 서로에게 거듭 사과했다. 여자는 한 번 더 우리 집을 의심스러운 눈초리로 슬쩍 들여다본 후 내려갔다. 나는 웅이를 빤히 바라보았다.

"웅아, 왜 거짓말을 해? 아이가 없는 게 부끄러워?"

"그런 게 아니라. 사실대로 얘기하면 저분이 민망하실 거 같아서. 아이가 아니라 우리가 쿵쾅거린 거라고 하면 놀라실 것 같기도 하고. 솔직히 나도 죄송하고 민망해서 도저히 우리는 딩크족이라는 말이 안 나오더라. 그리고."

"그리고?"

"엄연히 따지면 우리 집에도 아이가 없는 건 아니지."

나더러 아이라는 건가?

"나 말이야. 내가 우리 집 아이랑 다름없지."

웅이는 갑자기 애교를 부렸다. 언제부터 이렇게 애교가 부쩍 늘었을까. 머리가 띵해져 침대에 가 드러누웠다. 당분간 이 핑계를 대면서 촬영을 거부할 수 있다고 생각하니 지금의 상황이 썩 나쁘지만도 않게 느껴졌다.

아랫집 아이들이 쌍둥이라는 사실은 다음 날 바로 알게 되었다. 퇴근길 엘리베이터에서 딱 마주쳤다. 아들이랑 딸이었는데 서로 너무 닮아서 좀 놀라웠다. 똑같은 털모자를 쓰고 있는 모습이 귀여워서 하마터면 애들 볼을 꼬집을뻔 했다. 몇 살이냐고 물었더니 두 녀석 다 엄마 뒤로 숨었다. 대신 엄마가 네 살이라고 알려주었다.

"붕어빵 좋아하시나 봐요. 아니면 아이가 좋아해요?"

내 손에 쥐어져 있는 붕어빵 봉지를 보고 여자가 말했다.

"남편이 좋아해서요. 혹시 아이들도 좋아하나요? 너희 이거 먹을래?"

쌍둥이에게 붕어빵 봉지를 내밀자 여자가 극구 사양했다. 마치 내가 못 먹을 음식이라도 건넨 것처럼. 오늘따라 엘리베이터는 왜 이렇게 천천히 올라가는 걸까. 쌍둥이에게 언제 한번 놀러 오라며 마음에도 없는 소리를 했다. 우리 집에 장난감 많다면서. 여자가 우리 아이는 몇 살이냐고 물어봤다. 예상치 못한 질문에 당황한 나머지 대여섯 살 정도라고 대답했다. 이런, 자기 아이 나이를 다섯 살도 여섯 살도 아닌 대여섯 살이라고 답하는 멍청한 엄마가 어딨을까. 때마침 엘리베이터 문이 열렸다. 여자가 쌍둥이 손을 잡고 내렸다. 심란한 내 마음과 달리 엄마를 따라 걸어가는 아이들의 모습은 대단히 귀여웠다. 딸내미가 뒤돌아서 바라보는데 심장이 멎는 줄 알았다. 내가 윙크하자 엘리베이터 문이 야속하게 닫혔다.

소파에 앉아 붕어빵을 꼬리부터 천천히 뜯어 먹는데 쌍둥이가 머릿속을 떠나지 않았다. 우리도 아이를 가지면 어떻게 될까. 붕어빵처럼 닮은 쌍둥이를 낳게 된다면. 딸은 아빠를, 아들은 나를 닮는다면. 그 반대가 더 나으려나. 고개를 절레절레 저으며 붕어빵을 집어삼켰다.

그나저나 아랫집은 무슨 생각으로 이 코딱지만 한 오피스텔에서 쌍둥이를 키우는 걸까. 설마 이 집을 산 건 아니겠지? 차라리 전세라도 넓은 집에서 사는 게 낫지 않나? 엄마가 나한테 매번 하던 소리가 저절로 떠올랐다.

엄마는 오피스텔에서 살지 말고 20평대 빌라든 아파트로 옮겨서 빨리 아이를 가지라고 입이 닳도록 얘기했다. 그런 좁은 집에서 계속 사니까 아이를 가질 수 없는 거라고. 사실 20평대 빌라나 아파트 전세는 못 갈 이유가 전혀 없었다. 돈이 있는 건 아니고 빚을 내면 되니까. 단지 목돈이 남의 집에 묶이는 게 싫었을 뿐이다. 내 집이 아닌 전세니까 집값이 오른다고 해서 좋을 리도 없고. 이자만 갚다가 인생이 끝나버릴 것 같아 두렵기도 했다. 그럴 바에야 차라리 그 돈을 투자해서 불려야겠다는 거창한 계획이 있었다(물론 계획이 뜻대로 되지 않는다는 게 문제일 뿐). 맛있는 것도 자주 먹고, 여행도 다니고. 아파트 살 돈이 없지, 오마카세 먹고 호캉스를 즐길 돈은 있으니까.

그리고 난 아무리 넓은 집에 살아도 자녀를 가질 생각은 없었다. 호화로운 궁궐이든 펜트하우스든 내가 살 집에는 아이라는 옵션은 없을 터였다.

왜냐고? 왜 아이를 가지지 않냐고?

글쎄. 그건 말하기가 참 곤란한 주제다. 이유가 빈곤해서가 아니라 오히려 너무 많고 복합적이라 그중에 뭔가 하나를 핀셋으로 콕 집어서 얘기하기가 어려웠다. 막상 입 밖으로 내뱉고 나면 좀 초라해질 것 같기도 하고.

웅이는 내가 하고 싶은 것도 많고 욕심도 많아서 아이를 가지지 않는다고 생각하는 것 같은데, 꼭 그렇지만도 않다. 자녀가 있으면 포기해야 할 게 많겠지만 자녀를 통해 채울 수 있는 것도 많을 테니까. 누군가 얘기하지 않았던가. 자녀를 키운다는 건 새로운 우주를 온전히 경험하는 것이라고. 나라고 왜 그 우주가 궁금하지 않을까. 웅이 말대로 남이 하는 건 다 해봐야 직성이 풀리는 스타일인데. 다만 나는 아이를 키우며 겪는 우주보다 아이가 없는 우주를 더 경험하고 싶었을 뿐이다.

웅이와 단둘이 즐기는 우주, 그 또한 매력이 있을 거라고 믿었고 그 길을 선택한 것이다.

다행히(?) 웅이에게 문제가 있어서 망정이지 그렇지 않았으면 엄마는 끝없이 우릴 괴롭혔을 거다. 물론 지금도 엄마는 깔끔하게 포기하지 않았다. 일주일에도 서너 번씩 전화해 웅이의 몸 상태를 비롯해 이것저것 확인하는데 대단히 곤혹스럽다. 가끔은 직접 연락해 웅이를 못살게 굴었다. 웅이가 유튜브에 몰두하는 것도 어쩌면 그 괴로움을 떨쳐내기 위해서가 아닐까. 내가 남겨놓은 붕어빵을 머리부터 뜯어 먹는 웅이를 보고 있자니 짠했다.

"웅아, 맛있어? 특별히 자기가 좋아하는 슈크림으로 남겨놨어."

"팥보단 슈크림이지."

"슈크림이 뭐가 맛있냐? 애도 아니고."

"난 우리 집 애니까 슈크림 좋아하는 게 당연하지."

그래, 우리 집 아이 웅이, 내가 잘 데리고 키워야지. 애들은 또 놀리는 재미가 있으니까.

"웅아, 우리도 그러지 말고 아이를 가질까?"

"뭔 소리야?"

웅이가 붕어빵 꼬리를 뜯어 먹으며 되물었다.

"나도 자기랑 나 닮은 아들 하나 딸 하나 있으면 좋겠다는 생각이 들어서."

그렇게 말하고 보니 정말 그러면 좋을 듯했다.

"갑자기 왜 그래?"

"직장 다니면서 유튜브도 열심히 하고 있는데 애들도 잘 키울 수 있지 않을까. 우리 아이들도 패션 리더로 키워서 가족이 다 같이 유튜브를 해도 재밌을 것 같고."

웅이가 한심하다는 듯 나를 바라보았다.

"자기야, 유튜브랑 육아랑 같아? 차원이 다르지. 그리고 애들까지 동원해서 그러고 싶어? 난 그런 사람들 진짜 싫어. 예전에 뉴스로 봤는데, 어떤 집 아이가 커서 부모를 고소했대. 동의도 없이 자기가 어렸을 때 사진이랑 영상을 마음대로 배포했다면서."

"암튼 내가 아이를 가지자고 하면 어떻게 할 거야?"

"뭘 어떻게 해? 난, 싫어."

그냥 해본 말이었는데 바로 거절당하니까 기분이 썩 좋진 않았다.

"고민도 안 해보고?"

"고민을 안 하긴 뭘 안 해. 여태껏 고민한 결과가 그거잖아. 우린 안 낳기로. 이제 와서 이러면 어쩌라고."

웅이가 정말 난감한 표정을 지었다.

"사람 마음이야 바뀔 수도 있잖아. 내가 진심으로 갖고 싶다고 하면?"

"그래도 싫어. 안 가질 거라고."

"우리가 100만 유튜버가 돼서 돈도 많고 직장을 다니지 않아도 된다면?"

"그거랑 자녀는 별개야. 이제 그만 얘기해."

웅이가 빈 붕어빵 봉지를 신경질적으로 구겼다. 그러면서 무슨 일이 있었기에 이러는 거냐고 따졌다. 퇴근길에 만난 아랫집 쌍둥이 얘기를 해줬다. 너무 귀엽고 사랑스러웠다고.

남의 자식은 거들떠보지도 않던 내가 그러니까 웅이도 당황스러운듯했다. 촬영하기가 귀찮으니까 괜히 이러는 거 아니냐는데 정곡을 찔린 기분이었다. 웅이는 간단히 배를 채웠으니 더 늦기 전에 찍자고 서둘렀다. 아랫집 애들 잠을 깨우면 안 된다면서. 내가 한동안 촬영은 자제하는 게 좋겠다고 했지만 어림도 없었다. 워킹은 하지 않고 선 채로 찍으면 아무런 문제가 없다고. 그러더니 사뭇 심각한 표정으로 말했다.

"근데, 아랫집 좀 너무하네."

"왜? 밤늦게 찾아와서?"

"아니, 저 정도면 아동학대지. 신고할까?"

"아동학대는 무슨."

"어떻게 이런 집에서 애 둘을 키우냐. 도대체 그전에는 어디서 살았길래 무슨 생각으로 여기로 이사를 온 거냐고."

"대단하지 않아? 우리 또래인 거 같은데 대견하기도 하고. 용기 있는 사람들이야."

"용기? 용기는 무슨. 민서야, 기죽지 마. 진짜 용기가 있는 사람은 바로 우리야. 아이를 가지는 것도 그렇지만, 가지지 않는 것도 대단히 큰 용기가 필요한 거라고."

웅이는 생각할수록 더 화가 나는 것 같았다. 원래 저렇게 화를 내는 사람도 아니었는데. 어떻게 아이 둘을 이딴 집에서 키울 생각을 다 하냐며 길길이 날뛰었다. 아랫집이 그러든 말든 우리가 무슨 상관인가 싶으면서도, 우린 도대체 뭘 하는 건지 곰곰이 생각하게 되었다.

무슨 부귀영화를 누리겠다고 아이도 갖지 않고 밤마다 유튜브에 몰두하고 있는 걸까. 옛날 사람들은 단칸방에서 칠 남매를 키웠다는데, 그에 비하면 이 집은 호화롭기가 그지없는 게 아닐까. 아랫집이 아동학대를 하고 있는 게 아니라, 아이를 애초에 가지지 않는 우리가 더 나쁜 인간인 건 아닐까. 어쩌면 우리가 찬란한 인생을 누려볼 누군가의 기회조차 애초에 박탈한 건 아닐까.

*

아이도 없고 반려견도 없는데 거실 바닥에 매트를 쫙 깔

175

왔다. 무지막지하게 뛰어다녀도 아랫집에는 소음이 전달되지 않는다는 고성능 매트였다. 그 성능이야 써봐야 알겠지만, 두께만큼은 어마어마했다. 매트 위에 서니 층고가 더 낮아진 느낌이었다.

웅이는 노파심에 매트 위에 카펫까지 깔았다. 페르시안 양탄자처럼 화려했다. 거실이 작아서 비용이 많이 들진 않았지만 이렇게까지 해야 하는 건가 싶었다. 웅이는 비로소 다시 늦은 밤까지 마음 놓고 촬영을 할 수 있다며 만족해했다. 나는 양탄자를 타고 하늘을 날고 싶을 뿐이었다.

영상을 자주 올릴수록 구독자 수가 증가하는 속도 또한 빨라졌다. 현시점에서 다음 목표인 5만 명은 순식간에 돌파할 수도 있을듯했다. 구독자가 늘어날수록 즐거웠지만 그만큼 부담도 커졌다. 마음 한구석이 늘 찜찜했다. 이제 구독자 3만 명을 갓 확보한 유튜버가 걱정할 수준은 아니지만 유명세를 무시할 순 없었다. 누군가가 토끼가 나고, 거북이가 웅이라는 걸 알아챌까 봐 걱정됐다. 그리고 그 걱정은 괜한 것이 아니었다.

가장 먼저 눈치를 챈 건 하필이면 동생이었다. 가족이라서 다행이라고 생각할지 모르지만, 이 원수 같은 동생이 알아버린 건 정말 피하고 싶던 일이다. 평소에 연락도 없던 녀석이 전화해서 누나 맞지? 토끼 말이야, 매형은 거북이고? 토끼와 거북이라니 웬일이야 정말? 이러는데 너무 당황해서 혀가 꼬였다. 차라리 용돈이나 보내달라고 하던 전화가 그리울 지경이었다. 모르는척하려고 할수록 수렁에 빠져드는 것 같아 작전을 변경했다. 대수롭지 않은척하며 인정했다.

"나, 맞아. 그런데 어떻게 알았냐?"

"내가 아무리 그래도 세상에 하나밖에 없는 동생인데 어떻게 모르겠냐? 모르고 지나가는 게 더 힘들지. 실루엣, 목소리, 똥배에 그 얄궂은 문신."

똥배? 동생이 키득거리며 웃었다. 눈앞에 있었으면 자동 반사적으로 주먹이 나갔을 것이다.

"그러는 넌, 공부도 안 하고 취직도 안 하면서 이런 영상이나 찾아보고 있냐? 그럴 시간이 있으면 여자 친구를 만나."

"누나, 여자 친구가 있어야 만나지. 없는데 어떻게 만나냐? 취직도 안 하는 게 아니야. 마음에 드는 곳은 날 뽑아주질 않는데 어떡하냐고. 그리고 그 영상은 찾아본 게 아니고 자동으로 뜬 거야. 누나 예전 계정을 구독해서 그런지 추천 영상에 뜨더라고. 오해하지 마. 나 그런 거 보고 있을 만큼 한가한 사람은 아니니까."

유튜브를 처음 시작할 때 동생에게 구독해달라고 매달렸

던 내 자신이 한심하다. 그때 보답으로 스타벅스 커피와 조각 케이크까지 선물로 보내줬는데. 은혜를 원수로 갚는 배은망덕한 자식.

"그나저나 썸네일은 캬, 인정. 아주 죽이던데? 클릭을 안 할 수가 없어요."

야하게 꾸며 올려놓은 영상 대문 사진을 말하는 것이다. 동생한테 그런 얘기를 들으니 몹시 수치스러웠다.

"말세다 말세야. 도대체 무슨 정신으로 살고 있니? 매형은 또 왜 그래? 제정신인 줄 알았더니. 누나는 그래도 매형은 그러면 안 되지. 말려도 시원찮을 판에 같이 그러고 있으면 어쩌냐? 부부는 서로 닮아간다더니 딱 그 꼴이야 아주."

"너, 말조심해라. 그러다 죽는다."

"죽을 때 죽더라도 이 흥미로운 소식을 엄마, 아빠한테 꼭 전해주고 죽어야겠어."

하…… 제대로 걸렸다. 부모님이 우리 유튜브를 보면 뭐라고 할까. 아빠가 당장 달려와서 웅이를 업어 치고 조르기를 할지도 몰랐다. 엄마에게 들들 볶일 생각을 하니 온몸에 열이 나는 기분이었다. 부모님에게 얘기하면 우리 남매 사이는 그 순간 끝이라고 경고했다. 이런 어쭙잖은 것에 겁먹을 녀석이 아니었다.

"누나, 나 진짜 궁금해서 그러는데. 그런 영상 올리면 좀 그렇지 않아? 영상 찍고 편집하고 게시하고, 단계마다 삐거덕거리고 막 그런 느낌 없어? 나라면 손발이 오그라들어서 못 할 것 같은데."

"너야 좆밥이니까 그런 거고. 그런 고민 할 시간에 나는 실천하는 거야. 너처럼 하염없이 시간을 낭비하지 않는다고. 저스트 두 잇, 몰라? 너 그러지 말고 나이키 매장에 가서 아르바이트라도 좀 하든가. 뽑아줄진 모르겠다만."

"나이 먹고 아직도 그런 표현을 쓰고 그래. 좆밥이 뭐냐 좆밥이."

"닥쳐라."

"암튼 그래서? 돈은 좀 벌었고?"

"그럼. 조만간 월급을 뛰어넘을지도."

차마 아직은 얼마 안 된다고 말할 수 없었다. 붕어빵이나 겨우 사 먹는 수준이라곤. 그렇게 생각하니 더 열심히 해야겠다는 다짐보단 당장 때려치워야겠다는 생각이 들었다.

"오, 그러세요? 조회수가 꽤 높긴 하던데. 우리 누나 대단하다 진짜. 몰랐지만 매형도 엄청난 사람이었어. 하긴 그러니 둘이 결혼했겠지. 그런데 이런 것도 다 끝물이지 않을까? 레드오션 되는 건 시간문제일 것 같은데. 아니, 이미 레드오션이 됐지. 부부 유튜버도 많더라고. 부부 사칭하는 인간들도 많은 것 같고."

걱정해준답시고 하는 말이 고깝게 들리기만 했다.

"민준아, 부탁인데 누나 걱정하지 말고 네 걱정이나 해, 제발. 유튜브는 시작일 뿐이야. 유튜브 수입은 빙산의 일각이라고. 이건 그냥 뭐랄까, 일종의 미끼야. 구독자 확보해서 공동구매도 하고 쇼핑몰도 열고 이 누나가 다 알아서 할 테니까 넌 직장 구하고 여자 만나서 결혼하고 애 낳고 효도하고 그러고 살면 돼."

나도 아이 생각이 없으면서 동생한테 그렇게 얘기하니 양심의 가책이 들긴 했다.

"그러면 있잖아, 돈 좀 보내줘라."

진즉에 말할 것이지, 괜히 입만 아프게. 녀석이 구체적인 액수를 불렀다. 새해를 맞이하기 전에 스스로에게 괜찮은 선물을 하고 싶다고. 돈을 보내주면 부모님께는 비밀로 하겠다며 배려하는 듯 얘기하는데 배알이 꼴렸다.

전화를 끊고 은행 앱을 켜다가 말았다. 이런 파렴치한 협박꾼에게 놀아날 순 없었다. 분명히 주기적으로 돈을 달라고 할 거다. 꿈도 없고 미래도 없고 열정도 없고 직장도 없고 생활력도 없고 여자 친구도 없는 한심하고 안타까운 동생에게 용돈을 주는 건, 내 동생이 스스로 일어날 기회를 박탈하는 것과 다름없었다. 비둘기에게도 모이를 주지 말라는데, 하물며 내 친동생에게 그럴 순 없지. 내가 줄 수 있는 건 자극이다. 암, 그래야지. 내가 누나인데 동생을 제대로 교육해야지. 다시 은행 앱에 들어가 용돈을 보냈다. 자 그마치 1,818원. 동생은 카톡을 보내왔다. 두고 보라고.

한 시간이 채 지나기 전에 엄마한테 연락이 왔다. 처음엔 노발대발하더니 내가 돈이 좀 된다고 하니까 엄마의 목소리가 순식간에 차분해졌다. 아, 그래? 얼마나 버는데? 정말? 우리 가족이야 알아보지만 다른 사람은 그게 누군지 어떻게 알겠냐니까 엄마도 인정했다. 전화를 끊을 땐 엄마가 은근히 응원도 하고 충고도 해줬다. 돈 많이 벌어서 빨리 아파트를 사라고, 남 눈치 보고 그런 성격 아니라는 거 잘 알지만 이런 거 할 땐 뻔뻔해야 한다고. 생각보다 쉽게 넘어가서 오히려 당황스러웠다.

큰 고비를 무사히 넘기긴 했지만, 그날 이후 엄마는 영상을 하나씩 봐가면서 수시로 연락했다. 재밌게 잘 봤는데 아쉬운 부분이 있다며 조목조목 알려주었다. 딸과 사위가 헐벗고 찍은 영상에 성심성의껏 코치를 해주는 엄마(또는 장모님)라니. 심지어 엄마는 댓글까지 달기 시작했는데 서운해할까 봐 지울 수도 없었다. 당황할 줄 알았던 웅이는 장모님이 응원해주시니 천군만마를 얻은 것 같다며 기뻐했다. 하지만 난 이 상황마저 난감했다.

회사에서도 남몰래 부업이나 겸직하고 있는 사람은 자진 신고하라는 공고가 붙었다. '유튜브 포함'이라는 문구가 붉은 글씨로 크게 적혀 있었다. 혹시 내가 토끼인 줄 아는 사람이 회사에 있나? 나를 겨냥해서 그런 건가 싶어서 소름이 돋았다.

다행히 다른 부서 직원 중에 브이로그를 찍는 사람이 표적이었다. 따지고 보면 그 사람은 몰래 유튜브를 하는 것도 아니었다. 업무할 때 앉은 자리에서도 찍고 출퇴근길, 점심시간에도 찍는 등 대놓고 하고 있었는데 처음엔 신기해하며 응원해주더니 인기를 끄니까 이젠 회사에서 딴지를 걸고 있었다. 구독자 10만 명을 확보해서 받은 실버 버튼을 회사에 가지고 와서 자랑할 때 알아봤었다. 조만간 퇴사하지 않을까. 하긴 이미 유튜브로 성공했는데 이깟 회사가 뭔 대수라고.

유튜브 활동을 과연 부업이라고 볼 수 있는가에 대해서도 논란이 일었다. 그렇게 따지면 SNS를 하는 사람 모두 부업으로 간주해야 한다는 측과 대부분은 돈을 벌지 못하고 벌어봐야 얼마 되지도 않는데 무슨 부업이냐는 측이 서로 맞붙었다. 난 어느 쪽에도 동조하지 않고 가만히 있었다.

와중에 웅이는 가면을 벗자고 난리였다. 그러면 10만 명까지 손쉽게 달성할 수 있을 것 같다고, 다른 패션 유튜버들도 얼굴을 까고 하니까 구독자가 더 많다고. 하지만 난 얼굴까지 팔아가면서 하고 싶진 않았다. 처음엔 가면을 벗는 건 일도 아니라고 생각했는데 진지하게 생각할수록 내키지 않았다. 처음부터 얼굴을 공개했으면 또 모르겠는데, 이제야 까려고 하니 영 좀 그랬다.

"웅아, 나더러 노출을 강요하는 거야? 나 지금 되게 서럽고 섭섭해."

"자기야, 우린 이미 노출하고 있는데 무슨 소리야?"

"아니, 내 말은. 얼굴까지 까자는 거잖아."

"예전에 여보가 그랬잖아. 얼굴 까는 건 문제도 아니라고. 오히려 지금 당황스러운 건 나야. 나야말로 진지하게 고민해서 나름 용기를 낸 건데 자기가 이러면 어떻게 해."

"뭘 어떻게 해?"

"지금 이 수준에 만족할 거야?"

나는 한참 웅이를 노려보았다.

"그땐 아무렇지 않을 거라고 생각했는데 지금은 아니야. 회사 사람이 알아보는 건 절대 용납 못 해."

웅이는 그게 뭐가 문제냐며 답답해했다. 회사엔 패션 유튜버로 부업한다고 먼저 신고하면 되지 않냐고. 아니면 최대한 빨리 구독자 10만 명을 달성해서 회사를 그만두면 되지 않냐고.

"웅아, 10만 명 넘으면 회사 그만둘 거야?"

"자기가 매번 하던 소리가 그거였잖아. 파이어족, 해야지."

"그건 그냥 하는 소리고. 진짜 그만둘 거냐고."

"난 완전 진심인데. 회사 도저히 못 다니겠어. 회사에서도 유튜브 생각만 한다고."

"10만 명으로 어떻게 그만둬."

"그럼 몇 명?"

웅이가 진심으로 궁금해했다. 나는 잠깐 고민했다.

"적어도, 우리 둘 다 그만두려면 50만?"

"진짜 50만 넘으면 기분이 어떨까?"

기분이, 어떨까. 진짜 막 날아갈 것 같진 않고 오히려 숨고 싶어질 것 같았다. 윗집 말발굽이나 아랫집 쌍둥이네 엄마, 아니 쌍둥이가 날 알아본다고 생각하니 숨이 막혔다. 회사 옆자리 깐깐한 막내 송 대리, 내가 딩크족인 걸 한심하게 생각하는 앞자리 정 차장, 온종일 주식 차트만 보는 대각선 앞자리 박 과장…….

한 번 그런 생각을 하고 나니 출근하는 것도 두려워졌다. 유튜브, 패션, 옷 이런 얘기만 나와도 심장이 쪼그라들었다. 박 과장은 나보고 유튜브는 안 하냐고 직접적으로 묻기까지 했다. 뭘 알고 그러는 것 같진 않고 할 말이 없으니까 쓸데없는 소리를 하는듯했지만 뜨끔했다.

"박 과장님, 난데없이 왜 그런 걸 물어보세요? 제가 업무 시간에 유튜브나 하고 있을까 봐 그러세요?"

솔직히 업무 시간에 유튜브 관리한 적도 많았지만, 주식 차트만 온종일 쳐다보고 있는 박 과장과 다를 게 뭐람.

"왠지 한 대리님은 유튜브를 할 것 같아서 말이죠. 아, 예전에 유튜브 한다고 하지 않았어요?"

유튜브를 할 것 같다는 건 또 무슨 소리일까. 좋은 쪽으로 얘기하는 건 아닌 것 같아서 심사가 뒤틀렸다.

"봐요. 당황하는 거 보니까 맞네. 맞죠?"

맞기는 뭐가 맞아? 이 인간이 진짜 우리 유튜브를 보고 하는 소리는 아니겠지? 본다고 해도 토끼가 나라는 걸 알아볼 수 있을까? 눈에 뻔히 보이는 차트도 해석을 못 하는데, 가면 쓴 나를 알아보진 못하겠지. 하지만 목소리를 듣고 눈치챘다면?

"그런 거 아니에요. 한번 해보려고 하다가 말았어요."

그 얘기를 들은 이후론 더욱 신경이 쓰였다. 들키면 뭐 어쩔 건데, 하는 생각이 들면서도 내가 몰래 숨어서 야릇한 영상이나 찍는다며 동료들이 수군거릴까 봐 조마조마했다. 우리 유튜브 영상 링크를 서로 주고받으며 낄낄거리겠지.

그 비웃음을 사며 직장을 다닐 수 있을까. 차라리 그럴 바에야 웅이 말대로 빨리 10만 명을 달성해서 회사를 때려 치워야 할 것만 같았다. 둘이 동시에 그만두면 위험할 것 같고 한 명씩 순차적으로. 하지만 어느 세월에 구독자 10만 명을 확보할 수 있을까. 그게 가능한 일이긴 할까. 민준이 말대로 이미 레드오션인데.

"웅아, 맨얼굴로 가능하겠어? 진짜 자신 있어?"

토라져 있는 웅이가 안쓰러워 물어봤다.

"나 혼자 하는 건 자신 없고 자기랑 함께라면 아무 문제 없어."

앞뒤 재지 않고 직진해야 하는데 도무지 발이 떨어지지 않았다. 얼굴만 까면 10만 명까지 미친 속도로 달려갈 수 있을까. 가면을 벗었는데도 구독자가 늘지 않으면 어떡하지? 그러다 회사에 걸려서 쫓겨나면?

"자기답지 않게 왜 그래? 왜 자꾸 부정적으로만 생각하냐고. 긍정적으로 생각해야지. 얼굴을 보여줘야 사람들이 우리가 누군지 알아볼 거고, 더 애착이 생기지 않을까. 일 종의 팬심이 생기는 거지. 그래야 자기 말대로 우리도 유명 해져서 돈도 많이 벌고 회사도 때려치우고 명품도 사고 해 외여행도 다니고 떵떵거리며 살 수 있을 거 아냐."

이 남자의 과한 열정이 왜 이렇게 부담스럽고 듣기가 거 북할까. 불과 반년 전만 해도 내가 이런 얘기를 주야장천 떠들었는데. 관심 없는 얼굴로 귓등으로 듣던 사람은 분명 웅이였는데. 어쩌다가 상황이 이렇게 돌변했을까. 기껏해야 가면만 벗으면 되는 일인데 난 왜 그걸 두려워하게 되었을까. 어그로 끌면서 설치고 다니는 인간들 한둘이 아닌데. 걔네보다 내가 부족한 게 하나 없는데. 그저 한 걸음만 앞으로 더 내딛기만 하면 되는데.

그런데 웅이는 왜 이러는 걸까. 본인도 벗고 아내까지 벗겨도 돈만 벌면 되는 건가. 순간 대단히 야속하게 느껴졌다. 웅이는 내 마음도 모르고 쉬지 않고 떠들었다. 계속 듣고 있자니 노이로제에 걸릴 것 같아 손으로 웅이의 입을 틀어막았다. 웅이의 말이 내 손바닥을 뚫고 나와 마음에 팍 꽂혔다.

"우리 민서, 남편 닮아서 씹선비가 다 됐구나."

아, 남편한테 이런 얘기를 듣는 날이 오다니. 비참한 기분이 들어 눈을 질끈 감았다.

사무실 복도에 레드카펫이 깔려 있다. 이게 무슨 일인가 싶어 어리둥절해하고 있는데 레드카펫 끝에 서 있는 박 과장이 눈에 들어온다. 박 과장은 대포처럼 렌즈가 길쭉한 카메라를 들고 나를 겨냥하고 있다. 양옆으론 사무실 사람들과 직장 동료들이 배열해 지켜보고 있다. 어서 워킹을 보여

달라며 난리다. 내가 머뭇거리자 사람들이 소리치며 포위망을 좁혀온다. 도망치려고 돌아보지만 뒤에도 회사 사람들이 진을 치고 있다.

개 같은 악몽에서 겨우 탈출했다. 등이 땀범벅이었다. 몸을 뒤집고 다시 잠을 청하려는데 어디선가 소음이 들려왔다. 또 윗집 말발굽이겠거니 생각했다. 하지만 거실에서 들려오는 소리였다. 옆에서 코를 골고 있어야 할 웅이가 보이지 않았다. 웅이를 불러봤지만 대답이 없었다. 거실에서 푸르스름한 빛이 새어 나오고 있었다.

몸을 일으켜 거실로 나갔다. 웅이는 내가 방에서 나오는지도 모르고 노트북에 머리를 처박고 있었다. 헤드폰을 쓰고서 뭔가를 보며 혼잣말했다. 바닥에는 빈 양주잔이 놓여 있었다. 자다 말고 뭘 하는 걸까. 몽유병에라도 걸린 걸까. 슬그머니 뒤로 다가가 노트북 화면을 살펴보았다.

웅이는 우리 유튜브 계정에서 라이브 방송을 하고 있었다. 이 야심한 시간에, 계획도 없이, 나와 상의도 없이, 그것도 가면을 쓰지 않은 채로. 자다 깬 내 얼굴도 그대로 방송되고 있을 터였다. 나는 노트북 화면을 인정사정없이 닫아버렸다. 웅이가 헤드폰을 벗고 고개를 서서히 돌렸다. 눈빛이 시퍼렜다. 웅이에게서 살기를 느낀 건 처음이었다. 순간 알코올 냄새가 코를 찔렀다.

그날 이후 나는 유튜브에서 손을 뗐다. 정나미가 확 떨어졌다. 모든 게 귀찮고 한심하게 느껴졌다. 내가 그만두면 웅이도 그만둘 줄 알았다. 하지만 웅이는 혼자서 뚜벅뚜벅 걸어갔다. 내가 참견하지 않자 오히려 더 자유롭게 움직였다. 가면을 홀러덩 벗어 던지고 맨얼굴 그대로 당당하게 카메라 앞에 섰다.

"자기야, 힘들면 한동안 좀 쉬어. 나 혼자서라도 어떻게든 유지해볼게. 가면도 벗었으니까 구독자도 좀 더 늘지 않을까?"

"웅아, 진짜 아무렇지도 않아?"

"응. 사람들이 좋아해주니까 오히려 더 힘이 나. 댓글을 보면, 자기를 찾는 사람도 엄청 많아. 우리 부부를 보고 있으면 행복해지는 기분이래. 그러니까 자기도 힘내서 얼른 돌아와."

웅이는 내가 재충전해서 유튜브로 다시 돌아오길 고대하고 있었다. 하지만 내 마음은 확실했다. 유튜브에서 내 흔적을 모조리 다 지우고 싶을 뿐이었다. 동생처럼 우리 지인 중에 누군가가 유튜브에서 웅이를 발견하는 건 아닐지 조마조마했다. 그러면 내가 출연한 영상도 보게 될 거니까.

시간이 조금 더 흐르고 난 후엔 누가 우리를 알아보든 말든 그건 중요한 일이 아니라는 걸 깨달았다. 정말 중요한 건 내가 웅이를 되찾을 수 있냐는 거였다.

조금만 참고 기다리면 웅이도 지쳐서 유튜브를 그만둘 거라고 믿었다. 하지만 애석하게도 그런 일은 벌어지지 않았다. 주말엔 나를 내팽개치고 라이브 방송만 몇 시간이고 진행했다. 나와 데이트할 때조차도 수시로 유튜브와 인스타그램을 확인하며 정체를 알 수 없는 인간들과 연락을 주고받았다.

비트코인이 연일 신고가를 기록하고 끝없이 올라가는 걸 보며 웅이의 증상은 더욱 심각해졌다. 웅이는 얼마 먹지도 못하고 홀라당 팔아버렸다. 그동안 물려 있었기에 본전을 찾고 20% 가까이 이익을 챙겼을 때만 해도 아주 행복해했다. 투자는 이렇게 하는 거라며 기세등등했다. 그러나 '20%나 벌었다'가 '20%밖에 못 벌었다'로 둔갑하는 건 시간문제였다. 나도 몇 년 동안 가지고 있던 코인을 모두 처분했다. 안타깝게도 나는 본전을 찾진 못했다. 그나마 많이 회복한 상태에서 팔 수 있음을 감사하게 여겼다.

하지만 우리가 판 이후에도 코인은 계속 상승했다. 하늘을 뚫어버릴 기세였다. 그 가파른 곡선을 보며 웅이는 좌절했다. 또 한 번의 기회를 놓쳤다면서. 지금이라도 따라 들어가야 한다고 했지만 손이 쉽사리 나가지 않았다. 왠지 우리가 사면, 보란 듯이 곤두박질칠 것 같았다.

한참 망설이던 웅이는 다시 진입했다. 하지만 사흘 만에 약 2% 손해를 보고 팔았다. 웅이가 팔자마자 코인은 또 상승세를 이어나갔고, 웅이의 정신은 완전히 털려버렸다. 대신 웅이는 병적으로 유튜브에 집착하기 시작했다.

한 마리의 가여운 짐승을 보는 심정이었다. 어떻게든 살아보겠다고 발버둥을 치고 있지만, 그럴수록 에너지만 축내고 있는 강지웅. 예전의 내 모습을 보는 것만 같아 마음이 더욱 스산했다.

나를 보던 웅이의 마음도 이랬을까. 내가 저 남자를 결국 나와 동일한 인간으로 만들어버린 걸까. 웅이는 자신을 이렇게 만든 원흉이 나라는 걸 알까.

웅이는 집에서 코트를 입고 구두까지 신은 채 영상을 찍고 있었다. 내가 카메라를 가로막고 섰다. 웅이가 멀뚱한 표정으로 날 바라보았다. 다행히 당장 비키라고는 하지 않았다. 나는 조용히 무릎을 꿇고 흐느꼈다. 이내 눈물이 쏟아졌다. 고개를 들고 웅이를 바라볼 용기가 나지 않았다. 살기 가득한 눈빛으로 날 내려다보고 있을까 봐.

*

또다시 돌아온 설날엔 양가 부모님을 우리 집으로 초대
했다. 결혼하고 한참이 지나도록 서울에 모시지 못한 게 마
음에 걸렸다. 그럴싸한 집이 아니라며 차일피일 미뤄왔었
다. 이 좁은 집에서 엄마, 아빠랑 있는 것도 불편할 텐데, 시
댁은 두말하면 잔소리였다. 웅이는 오래전부터 부모님을
초대하자고 했지만 그럴 때마다 내가 웅이의 효심을 대파
썰듯 싹둑 잘랐다.

그런 내가 먼저 제안하자 웅이도 몹시 반가워했다. 갑자
기 철이 든 건 아니고 이번 명절만큼은 내 집에서 편하게
전투를 치르고 싶었다. 꼭두새벽같이 출발해 시댁에서 하
루, 또 친정에서 하루 자고 오는 건 생각보다 매우 피곤한
일이었다. 웅이가 운전하는 걸 버거워하기도 했고. 작년 설
날에 눈 딱 감고 거짓말(애석하게도 진실이었지만)을 하면 모
든 게 끝이라고 생각했지만 크나큰 착각이었다. 우리 부모
님들은 생각보다 훨씬 끈질기고 집요했다. 주변에 자녀를
가지지 않는 걸 허락받았다는 사람이 꽤 있었는데 우리에
겐 완전 남 일이었다.

양가 부모님도 역귀성을 흔쾌히 받아들였다. 여태껏 서
울에 놀러 오라고 일언반구조차 없던 것들이 초대하자 들

뜬 것 같았다. 설날을 기점으로 앞엔 시댁 부모님이, 뒤엔 친정 부모님이 하루씩 자고 가기로 했다.

"우리 엄마, 아빠 그리고 아버님, 어머님도 여기서 하루 주무시고 나면 이 집에서 아이를 낳고 키우라는 소리는 못 하시지 않을까?"

사흘간 먹을 음식을 선정하다가 말을 꺼냈다. 웅이는 시 댁 부모님이 아침부터 파스타를 먹을 수 있을지 고민하느 라 들은 체 만 체 했다. 된장찌개나 김치찌개라도 끓이길 바라는 눈치였다. 하지만 그건 나보다 어머님이 훨씬 맛있 게 끓이는데 내가 굳이? 평소에 안 먹는 음식을 차려 드리 는 게 낫지.

"막상 우리 집에 와보면 생각이 달라지지 않겠냐고."

다시 얘기하자 웅이가 음식 리스트를 적은 종이를 내려 놓았다.

"그런 속셈이 있었던 거야?"

"그럴 의도가 전혀 없었다면 거짓말이지."

"자기야, 우리 부모님들을 너무 쉽게 생각하는 것 같은 데? 당장 큰 평수로 옮겨서 아이를 가지라고 하시지 않겠 어? 이런 데 사니까 고장이 나는 거라고 또 그러실 거 아냐. 드디어 원인을 알 것 같다고. 다름 아닌 이 좁은 집이 사위 가 고장 난 이유라고."

웅이의 뒤끝도 보통이 아니다. 아빠가 고장 난 사위라며 놀리는 걸 계속 마음에 담아두고 있었다. 하긴 그런 얘기를 듣고 좋아할 사람이 누가 있을까. 아빠에게 그러지 말라고 해도 소용없었다. 자꾸 놀려야 자극받아서 좋아진다나 뭐라나. 사람 스트레스받는 건 생각하지도 않고. 웅이는 내가 아빠를 쏙 빼닮았다고 그러는데 인정할 수 없다. 우리 아빠도 알고 보면 괜찮은 사람인데.

"웅아, 자기가 이해를 해줘. 우리 아빠 속마음은 따뜻한 사람이야. 장난이 지나쳐서 그렇지. 그런데 자기 말에도 일리가 있네. 내가 지금 너무 쉽게 생각하고 있는 것 같단 말이지. 부모님이 어떻게 몰아붙여도 당황하지 않으려면 만반의 대비를 해야겠어."

음식 메뉴는 제쳐두고 전략을 짜기 시작했다. 10평짜리 오피스텔에서 날아오는 총알을 피하고 살아남으려면 정신을 똑바로 차려야 했다. 웅이는 적과의 동침에서 승리하기 위해 여러 각도에서 시나리오를 예상하고 해결책을 제시했다.

대접은 하되 이곳에서 사는 게 얼마나 힘든지 몸소 경험하게 한다, 특히 아이를 키울 수 있을지 의구심이 들게 한다, 전세 얘기가 나오면 전세 사기로 받아친다, 아파트 얘기가 나오면 이미 너무 올라버렸고 대출 금리 또한 장난이 아니기 때문에 양가 부모님께서 큰돈을 주시지 않는 이상 언감생심 꿈도 꿀 수 없다고 답한다, 그래서 돈을 주시면? 그럴 리도 없지만 그러면 일단 감사히 받고 마이너스 통장부터 플러스로 전환한다, 어차피 아파트를 살 만큼의 큰돈이 나올 구멍은 없다, 친구 손주 사진을 보여주면 요즘 교육비 시세를 알려준다, 자녀는 우리 또한 진정으로 원하지만 안타깝게도 몸이 받쳐주지 않는 상황이다, 설령 아이가 생겨도 문제다, 이 삭막한 세상에서 아들, 딸을 키우는 게 얼마나 힘들까, 나아가 미래에는 지구온난화, 미세먼지 등 기후 문제가 심각할 텐데 그런 곳에서 자녀가 살아가는 걸 지켜봐야 하나, 기후 문제의 근본적인 원인은 인간의 탐욕인데 그런 측면에선 아이를 갖지 않는 게 이 지구를 살리는 자그마한 실천이 아닐까…….

시댁 부모님은 예상했던 대로 양손 한가득 보자기에 싼 짐을 들고 버스에서 내렸다. 빈손으로 오시라고 그렇게 얘기했건만. 웅이가 재빨리 다가가 짐을 건네받았다. 아버님은 서울에 온 게 언제였는지 기억이 나지 않는다면서 흡연구역부터 찾았다. 어머님은 웅이를 보자마자 건강을 확인하느라 이것저것 캐물었다. 질문 공세를 피하려고 재빨리 움직였다.

먼저 우린 청와대로 향했다. 그래도 서울까지 오셨는데 바로 집에 가기가 그랬다. 청와대가 개방된 이후 서울 사람은 물론 지방 사람들도 청와대를 보러 온다는 얘기를 제법 들었다. 어쩌다 청와대가 효도 관광의 메카가 되었을까. 초기엔 예약조차 힘들었다는데 지금은 순조로웠다. 이틀 뒤에 친정 부모님과도 가려고 미리 예약을 해두었다. 설날에 양가 부모님을 모시고 청와대에 두 번이나 갈 생각을 다 하고. 효녀가 되는 것, 그다지 어려운 일은 아니구나 싶었다.

다행히 아버님, 어머님 모두 대만족했다. 역시 박정희가 최고 인기를 누렸다. 아버님이 먼저 사진을 찍어달라고 한 건 처음이었다. 박정희 사진을 배경으로 독사진을 수없이 찍었다. 저 시절이 그래도 낭만이 있었고 살기도 좋았다면서 그리워했다. 웅이는 그런 얘기는 여기서 너무 크게 하지 말라며 말렸다. 괜히 정치 얘기 해서 다른 사람이랑 시비가 붙을까 봐 신경 쓰이는 것 같았는데 이 집 아저씨 저 집 할머니 너도나도 박정희 앞에서 사진을 찍는 걸 보니 괜한 걱정인 듯했다.

삼청동에서 수제비를 한 그릇 먹고 집으로 갔다. 집 구경은 2분도 채 되지 않아 끝났다. 안방, 거실, 옷방, 화장실 모두 각 30초면 충분했다. 어머님은 집이 깔끔해서 좋다고 했지만 생각보다 훨씬 좁아서 당황하는 눈치였다. 네 사람이 함께 있으니까 더 좁게 느껴지는 효과가 있었다. 안방이나 옷방에 함께 들어가면 산소가 아주 빨리 사라지는 기분이었다. 아버님은 이 정도면 살만하다고 하면서도 어디에 앉아야 할지 몰라 안절부절못했다. 그러다 담배를 태워야겠다며 밖으로 나가버린 뒤 한참 후에 돌아왔다.

혹시 몰라 화투를 사놓긴 했는데 치진 않았다. 집이 불편한지 말씀도 없고. 아기 얘기조차 없었다. 침묵이 차오르면 보내준 보양 음식을 잘 먹고 있느냐, 웅이 병원에는 잘 다니고 있느냐는 얘기만 반복했다. 매트에 엉덩이를 깔고 멍하니 TV를 같이 보다가 초저녁부터 술을 마셨다. 내가 준비한 음식과 어머님이 바리바리 싸 온 음식을 합치니 거의 뷔페 수준이 됐다. 한식, 양식, 일식, 중식 골고루 다 있었다. 상이 작아서 준비한 음식을 한꺼번에 다 올리지도 못했다. 어머님이 매번 밥 먹을 때마다 접이식 상을 펼쳤다 접었다 하는 거냐며 안쓰러워했다.

거실 매트에 네 사람이 옹기종기 모여 술을 마시니 나름대로 즐거웠다. 진즉에 한번 모셨어야 했는데, 후회가 밀려왔다. 웅이 말대로 시댁 눈치도 안 보는 며느리인데 뭐가 그리 어려웠을까. 결혼할 때 돈 한 푼 보태주지 않았던 게 그렇게 서럽지도 않았는데. 그건 우리 집도 피차 마찬가지였으니까. 양가 부모님이 얼마나 고생해서 번 돈인데 그걸 넙죽 받고 싶은 마음은 추호도 없었다. 하지만 부모님은 여전히 마음에 담아두고 있는듯했다. 괜히 마음이 쓰여 어머님께 더 살갑게 다가가 이런저런 얘기를 꺼냈다.

담배만 줄기차게 찾던 아버님도 약주가 들어가자 말문이 트였다. 아까는 본체만체했던 걸 하나씩 살펴보기 시작했다. 세탁기는 산 거냐? 빌트인이 무슨 말이냐? 그럼 냉장고도 있던 거고? 이사 갈 때는 못 가져가는 거냐? 냉장고가 저렇게 작아서 뭘 넣어둘 수는 있냐? TV는 LG로 했네, 잘했다, 옷방에 옷은 다 누구 거냐? 무슨 옷이 저리 많냐, 옷장사라도 할 거냐?

혹시 유튜브 얘기가 나올까 봐 조마조마했다. 화제 전환을 위해 등산 얘기를 꺼냈다. 서울에도 좋은 산이 많은데 혹시 가보셨냐며, 다음엔 등산 장비를 챙겨서 같이 북한산이든 관악산이든 가보자고.

"젊었을 때 북한산, 관악산, 도봉산, 수락산, 인왕산, 청계산 다 가봤다. 웅이 니도 등산 좀 다녀라. 등산만큼 몸에 좋은 게 없다이."

아버님이 소주를 들이켰다. 빨간 뚜껑 소주가 아니어서 밍밍하다며 투덜댔다.

"그래서 여기 계속 살 생각이가?"

"아까는 이 정도면 살만하다면서요."

웅이가 장난치듯 말했다.

"그거는 이놈아. 말이 그런 거고. 좀 더 넓은 집으로 가면 안 되나? 답답하게 이게 뭐고? 돌아서면 안방, 뒤돌아보면 옷방 또 화장실."

"아부지, 동선이 짧아서 편한 점도 있어요. 몇 걸음이면 집 안 어디든 갈 수 있고요. 아부지는 화장실 가는 것도 귀찮아하시잖아요. 안방이랑 화장실이 너무 멀다면서요. 저희는 그런 걱정은 없어요. 아주 편리하죠. 그리고 어차피 우리 둘 다 평일엔 일하느라 집에 있지도 않아요. 그렇게 넓은 집은 필요 없어요."

"왜 필요가 없어? 그런 데 살아야 몸도 건강해지고 하지."

이번엔 어머님이 나섰고 나도 끼어들었다.

"어머님, 웅이 몸 얼마나 좋아졌는데요. 계단에 매달아둔 자전거 보셨죠(옷방에 도저히 자리가 없어 밖에 빼놨는데 누가 훔쳐 갈까 봐 걱정이었다)? 그걸 타고 팔당댐까지 갔다 오기도 해요. 헬스도 부지런히 하고요. 자기야, 그러지 말고 옷 벗어봐. 어머님께 왕자 복근 좀 보여드려."

내가 웅이의 윗옷을 벗기려고 하자 어머님이 해괴망측하게 쳐다보았다.

술이 들어갈수록 대화가 점점 수렁에 빠지는듯했다. 촉각을 곤두세우고 미리 준비해둔 대응 방안을 다시 떠올려봤다. 다행히 아기 얘기는 끝까지 나오지 않았다. 하고 싶은 말은 많으나 꾹 참고 있는 게 느껴져 감사했다. 시부모님은 방바닥이 편하다며 옷방에서 잠을 청했다.

웅이의 걱정이 무색하게 두 분 모두 아침부터 스파게티를 잘 드셨다. 동네 식당에서도 가끔 드신다고. 무뚝뚝한 두 사람이 데이트하는 모습을 상상하자 너무 귀여우셨다. 서로 손은 잡지 않고 멀찍이 떨어져서 걸으시겠지. 아닌가? 두 분만 있을 땐 손도 잡고 어깨동무도 하고 그러실지도. 우리 앞에서는 절대 그러시지 않지만.

웅이가 평소에 즐겨 먹는 원두로 커피를 내렸다. 어머님은 역시 서울 커피는 달라도 뭔가 다르다고 했고(온두라스 원두였는데 굳이 말하진 않았다), 아버님은 집에서 타 먹는 맥심이 최고라고 했다. 그러면서도 그 뜨거운 커피를 거의 한 입에 후루룩 다 마셨다.

무사히 시댁 일정이 끝나가고 있어 혼자 만족스러워할 때였다. 엄마로부터 전화가 왔다. 집 바로 밑인데 주차를 어디에 하면 되냐고. 벌써? 아직 시부모님 계시는데? 명절이니까 차가 막힐까 봐 새벽부터 출발했는데 설날 당일 새벽이라 그런지 생각보다 막히지 않았다고. 시부모님을 당장 내쫓을 수도 없고 머릿속이 새하얘졌다. 예상에 없던 시나리오에 웅이도 당황했다. 내가 일단 내려가서 집 앞 커피숍에 부모님을 앉혀놓으려고 하는데, 시부모님이 뭘 그렇게까지 하냐며, 안 그래도 얼굴 한번 뵙고 싶었다며 어서 오시라고…….

성인 여섯이 거실 같지 않은 거실에 앉자 엉덩이를 들썩거릴 공간조차 부족했다. 어색한 분위기 속에서 마땅히 해야 할 안부 인사가 오갔다. 웅이는 계속 시계를 쳐다보며 시부모님의 버스 시간을 확인했다. 아직 여유가 있었으나 웅이가 서두르는 게 좋겠다며 자리에서 일어났다. 어머님도 일어서려는데 아버님은 요지부동이었다. 아무래도 한잔하시고 싶은 눈치였다. 술꾼끼리는 통하는 법인가. 아빠가 대뜸 술 한잔하고 가시라고 권했다. 엄마가 먼 길 가셔야 하는데 무슨 술이냐고 나무랐다. 아빠는 먼 길을 가시기 때문에 술을 한잔하시는 게 좋다고 우겼다. 아버님도 격하게 동의했다. 표정이 이렇게 말하고 있었다.

와이 낫?

웅이가 시부모님의 버스 티켓을 오후 늦은 편으로 바꿨다. 우린 부엌에서 되는 대로 안줏거리를 이것저것 준비했다. 바로 세 걸음 뒤에서 양가 부모님들이 서로 마주 앉아 점심부터 술잔을 기울이고 있었다. 혹시라도 취해서 서로 싸우면 어쩌나 걱정됐다. 아빠가 또 사위가 고장이 났다는 둥 이상한 소리를 하면 시부모님도 가만히 안 계실 텐데. 다행히 아직까진 웃음이 끊이질 않았다. 오늘만큼은 누가 무슨 소리를 해도 다 받아주는 호인이 되겠다고 작정한듯 했다.

하지만 부모님들이 할 얘기가 뭐가 있을까. 결국 우리 얘기인데, 우리 얘기를 하면 가슴이 답답해질 텐데, 더군다나 이 좁아터진 집에서, 오늘 같은 날 그런 얘기는 하지 않으려고 아무리 다짐하고 왔더라도, 빙빙 돌고 돌아 종국에는 이야기가 그리 향하고 말 것이었다.

딸이랑 사위가, 아들이랑 며느리가 자녀를 가지려고 이렇게 노력하는데 세상일이 참 쉽지 않습니다, 요즘 불임 부부들이 그렇게 많다고 하더라고요, 결혼 자체를 늦게 하니까 더 그런 것 같습니다, 우리 때만 해도 20대 중반만 넘어가도 노총각 노처녀라고 했잖습니까, 오히려 포기했는데 갑자기 어느 날 애가 들어서는 사람도 있다고 합니다, 그야말로 축복입니다 축복, 우리 웅이도 노력하고 있으니까 좋아질 겁니다, 암요 그래야죠 새해에는 좋은 소식을 기대해봐도 되지 않겠습니까, 웅이는 지금보다 수백 배 수천 배 아니 수만 배 더 노력해라, 처가댁에서 이렇게 도와주시는데 보답해야지 않겠나.

"저, 말씀 중에 죄송합니다만 저희 아이는 가지지 않을 생각입니다. 제가 정자를 되찾는다고 해도 말입니다."

잠자코 있던 웅이가 소맥을 시원하게 들이켜더니 폭탄선언을 했다. 이건 계획에 없었는데. 내가 손을 뻗어 저지했지만 이미 뱉은 말이었다. 양가 부모님이 이게 무슨 개소리냐는 눈빛으로 웅이를 쳐다보았다. 웅이는 망설이지 않고 과감하게 들이박았다.

"자녀를 안 가질 계획입니다. 지금처럼 민서랑 저랑 둘이 행복하게 알콩달콩 잘 살 겁니다."

"몸이 건강해져도 아이를 갖지 않겠다고?"

아버님이 굳은 표정으로 되물었다.

"아버님, 그런 게 아니라요."

내가 나서서 해명하려는데 웅이가 내 말을 끊었다.

"우린 말하자면 신인류예요."

신인류? 나만 병찐 게 아니라 부모님도 마찬가지였다. 우리가 신인류라니? 어떤 면에서? 신인류가 뭐지? 문득 아주 오래전 015B가 부른 〈신인류의 사랑〉이라는 노래가 떠올랐다. 도입부가 상큼한 곡이었지 아마. 우 샤랄라 우 샤랄라 우 샤랄라…… 소개팅에 나갔는데 마음에 안 드는 여자만 나온다는 내용인데, 그런데 그게 왜 신인류의 사랑이지?

우리가 진짜 신인류인지 구인류인지는 모르겠고 지금 당

장 여기서 도망쳐 이 노래 속으로 빨려 들어가고 싶었다. 정신을 못 차리는 사이 어디선가 흐느끼는 소리가 들렸다. 어머님이었다. 어머님은 또 왜 저러실까. 나는 침착하게 휴지를 가져다드렸다. 어머님이 눈물을 닦으며 하소연했다.

내가 이럴 줄 알았다, 이게 다 내 탓이다, 결혼할 때 한 푼 도와주지도 못하고, 안 그래도 점쟁이한테 그런 얘기를 들었다, 시기를 놓치면 손주 보는 재미가 없을 수도 있다고, 작년 지나면 힘들 거라고, 밀어줄 때 확실하게 밀어줘야 하는데 그러지 못한 우리 탓이다, 공부 잘해서 서울에 있는 대학 가고 괜찮은 직장에 취직해서 이렇게 예쁜 며느리까지 만났는데 우리가 해준 게 없다…….

웅이가 갑자기 왜 그런 소리를 하냐며 말렸지만 어머님의 곡소리는 더욱 구성져졌다. 이에 화답하듯 엄마까지 훌쩍거리기 시작했다.

하…… 이게 아닌데, 차라리 시원하게 화를 내지…….

엄마는 막상 딸내미 집에 와서 보니 마음이 너무 아프다고 시원하게 아파트 한 채 사주고 싶은데 그럴 형편도 아니고, 그렇다고 빚을 왕창 내서 집을 사라고 할 수도 없고, 차라리 고향에 내려오면 아파트 한 채는 문제도 아닐 텐데, 그러면 직장 구하기가 또 어려울 테고.

어머님이 그러지 말고 다시 고향으로 내려오는 건 어떠

냐고 했다. 그 동네는 아기 우는 소리를 들은 지 너무 오래
돼 최근에는 아이만 낳으면 돈을 퍼준다고. 묻지도 따지지
도 않고 아이 한 명당 오천만 원을 지급하고, 집을 사면 금
리 0.5%에 대출을 해준다고.

"어머나, 사돈. 그렇게 좋은 동네가 어디 있답니까?"

엄마가 격하게 동의하면서 당장이라도 그 동네로 가라고
난리였다.

"엄마, 우리 돈 없어서 애 안 가지는 거 아냐. 더 행복하게
지내려고 그러는 거야."

"이게 행복하게 사는 거냐?"

엄마가 쏘아보면서 묻는데 말문이 막혔다.

나는 지금 행복한가? 웅이도 행복하게 지내고 있나?

"장모님, 저희 이 집에서 사는 거 아무렇지도 않아요. 오
히려 대학생 때 자취하는 느낌도 나고 재밌어요. 물론 지금
은 부모님들까지 계시니까 좁아 보이지만, 저희 둘만 있을
땐 엄청 넓어요. 청소기만 돌려도 운동이 돼요."

"이게 뭐가 넓단 말인가? 그렇게 넓어서 이상한 유튜브
나 하고 그러는 걸세?"

이번엔 엄마가 웅이마저 잡아먹을 기세로 쳐다보았다.
유튜브를 더 열심히 해서 빨리 성공하라고 할 땐 언제고.
시부모님이 유튜브는 무슨 소리인가 하는 눈빛으로 바라

보았다. 이야기가 그리로 넘어가지 않게 끊어야 했다.

"저희는 저희대로 알아서 잘 살게요. 그러니까 저희 걱정하지 마시고 부모님들도 건강하게 잘 지내세요. 무자식이 상팔자라는 말도 있잖아요. 보세요. 부모님들도 저희 없었으면 걱정거리 없이 얼마나 편안하셨겠어요."

"말이 되는 소리를 해야지."

아빠가 혀를 차며 말을 이었다.

"애를 안 낳을 거면 결혼은 왜 했어?"

지겨운 레퍼토리. 아빠까지 저러니까 정말 섭섭했다.

"애가 없으면 이혼하기 쉽다."

아버님도 가세했다. 저 얘기도 한두 번 들은 게 아니다. 늙어서 이혼하지 않으려면 자녀가 있어야 한다? 곱씹어보면 참 재밌는 말이다. 그런데 애가 있어도 이혼하는 사람들 너무 많지 않나.

흡사 청문회장에 선 기분이었다. 우리가 아이를 갖지 않을 자격이 있는지 조사를 당하는 것 같았다. 속수무책으로 당하고만 있으면 안 되겠다는 생각이 들었다. 웅이도 그랬는지 핏대를 세웠다.

"아부지, 그게 무슨 말씀이세요? 제가 없었으면 아부지도 이혼하셨을 거예요?"

아버님 대신 어머님이 답했다.

"당연하지. 아들, 딸 없었으면 진즉에 이혼하고도 남았다."

아버님이 어머님을 흘겨보았다.

우리 엄마, 아빠도 나랑 동생이 없었으면 진즉에 이혼했을까? 독불장군인 아빠를 엄마가 혼자 감당할 수 있었을까? 수많은 위기를 슬기롭게 헤쳐 나가면서? 우리가 있어서 참은 게 한두 번은 아니겠지. 하지만 그렇다고 해서.

"아이를 가지려고 결혼하는 건 아니잖아요. 서로 사랑해서 결혼하는 거죠. 나중에 이혼하지 않으려고 애를 가진다는 건 더욱 말이 안 되고요. 아무튼 도와주신 게 없어서 저희가 애를 낳지 않는다고는 생각하지 않으셨으면 해요. 죄송하지만 저는 강남에 30평대 아파트를 사주셔도 자녀는 가지지 않을 생각이에요. 돈과 아무런 상관이 없다고 단정 지어서 말할 순 없지만 그게 가장 큰 이유는 아니에요."

"그럼 이유가 뭔데?"

엄마가 진심으로 궁금해했다.

"이유는."

이유가 뭐였더라? 너무 많아서 일일이 열거하기가 힘들다. 요약하면.

"웅이랑 잘 먹고 잘 놀고 잘 자고 잘 싸고 그러려고 애 안 낳는 거예요."

"너무 이기적인 거 아니니?"

숨 막히는 기분이었다. 나는 천천히 숨을 골랐다.

"엄마, 엄마 딸이 행복하게 잘 살려고 그런다는데 좀 이기적이면 뭐 어때? 애를 가지면 이타적인 사람이고 그렇지 않으면 이기적인 거야? 아니지. 오히려 우리가 이타적인 사람이야. 지금 같은 세상에 제대로 책임지지도 못할 거면서 자기 욕심 때문에 애를 낳는 게 더 이기적인 거 아니야?"

심장이 두근거리고 살이 떨렸다.

"엄마도 잘 생각해봐. 내가 애를 낳는다고? 잘 키울 수 있을 거 같아? 내 욕망, 내 감정 그 무엇 하나도 컨트롤을 못하는데. 내 아이가 남들한테 뒤처질까 봐, 아플까 봐, 공부 못할까 봐, 좋은 대학에 못 갈까 봐, 좋은 직장 못 구할까 봐, 좋은 배우자 못 만날까 봐, 자식 안 낳을까 봐 걱정 또 걱정 또 또 걱정. 그 와중에 엄마, 아빠 노후 걱정도 해야 하고. 솔직히 엄마, 아빠 노후 준비도 제대로 안 돼 있잖아. 우리 세대도 나름의 고충이 있다고. 위아래 다 양육해야 한다니까."

"우리 걱정은 하지 마라. 우리 은근히 돈 많다. 비트코인도 좀 있고."

아빠가 조용히 숨어서 말했다.

"아빠도 코인을 해?"

순간 내가 정말 아빠를 빼닮았다는 사실을 뼈저리게 깨달았다.

"당신은 지금 무슨 말을 하는 거야. 사돈 앞에서 부끄럽지도 않아?"

엄마가 아빠를 한심하게 쳐다봤다. 그러더니 내게로 시선을 돌렸다.

"민서야, 모든 걸 다 갖춰놓고 살 순 없는 법이다. 살다 보면 하나씩 천천히 갖춰지게 마련이고. 되는대로 사는 게 인생이야. 있으면 있는 대로 없으면 없는 대로."

"아이도 없으면 없는 대로 사는 거지."

내가 버릇없이 받아쳤다. 그런데 그 말이 오히려 내 마음에 와서 박힌 걸까. 끝내 감정이 복받쳐서 눈물이 터져 나왔다. 이런 모습까진 보이고 싶지 않았는데.

내가 우니까 더는 우릴 몰아붙이지 않았다. 부모님들끼리 서로 대화를 주고받았다. 애 안 낳는 것도 그저 지나가는 유행일 텐데 우리 애들이 어쩌다가, 나중에라도 가지고 싶어지면 어쩌려고, 앞으로 우리나라의 미래가 어떻게 될지 걱정이 태산이다……

"아, 그런데 그러면 나중에 우리 제사는 누가 지내줍니까?"

아버님은 장난이 아니었다. 진심으로 그걸 걱정하고 있

었다. 갑자기 분위기가 싸해졌다. 어머님이 이 와중에 그게 걱정이냐고 나무랐다. 웅이가 나서서 울적해진 아버님을 위로해드렸다.

"아부지, 모르긴 몰라도 몇 년만 지나면 제사 지내는 사람은 거의 없을 거예요. 그리고 먼 훗날에는 돈만 내면 제사도 대신 지내주는 뭐 그런 게 있지 않을까요? 제가 돈 많이 벌어서 어떻게든 해볼 테니까 너무 걱정하지 마세요."

시부모님 배웅을 위해 여섯 명이 함께 엘리베이터를 탔다. 엄마, 아빠는 집에서 인사하면 될 것을 기어코 따라나섰다. 엄마랑 어머님은 서로의 손을 꼭 붙들고 있었다. 눈가가 아직 촉촉했다. 나는 또 눈물이 쏟아질 것만 같아 다른 생각을 하려고 노력했다. 이 상황과 전혀 관계없는 어떤 무언가를 떠올리려고 했지만 그럴수록 마음이 심란해졌다.

아래층에 엘리베이터가 서고 아랫집 부부와 쌍둥이가 나란히 탔다. 엘리베이터가 터질 것 같았다. 사람이 많아서 쌍둥이네가 다음에 타겠다는 걸 엄마가 굳이 태웠다. 명절인데 부모님도 뵈러 가지 않나? 벌써 갔다 온 건가? 고향이 서울인가? 지금 엘리베이터를 꼭 타야만 했니? 이 타이밍에 마주쳐서 좋을 게 하나도 없어 심술이 났다.

엄마와 어머님은 한복을 입고 있는 쌍둥이에게 달려들었

다. 조금 전만 해도 애 없이 둘이 행복하면 그걸로 됐다더니, 역시 마음에 없는 소리였다. 울상이었던 두 사람은 더없이 밝은 얼굴을 되찾았다. 10초도 되지 않을 것 같은 짧은 시간에 질문을 많이도 던졌다. 정신없게 애들 그만 괴롭히라고 하려다가 참았다. 우리한테 애가 있었으면 저러진 않을 테니까. 쌍둥이에게서 눈을 떼지 못하는 부모님들을 보고 있으니 착잡했다.

1층 현관문을 나서서도 쌍둥이를 놓아주지 않았다. 아랫집 엄마가 우리 애는 어디 갔냐고 물었다. 존나 눈치 없는 년이네, 딱 보면 모르겠니? 아니면 눈치가 없는척하는 걸까. 그런데 그 누구도 답하지 않고 머뭇거렸다. 아버님, 어머님, 아빠, 엄마 모두 멀뚱거리기만 할 뿐, 우리는 손주가 없다고 '당당하게' 말하지 못했다.

"세배하면 용돈 주세요?"

아랫집 아들이 맑은 눈동자로 얘기하자 아빠가 호탕하게 웃었다.

"아이고, 줘야지. 세배 안 해도 줘야지."

"새해 복 많이 받으세요."

쌍둥이가 약속이라도 한 듯 양손을 이마까지 올리더니 선 채로 세배했다. 아빠가 지갑에서 만 원짜리 두 장을 꺼내 한 장씩 나눠주었다. 쌍둥이가 덥석 받더니 옆구리에 대

롱대롱 매달려 있는 복주머니에 쏙 집어넣었다.

"어린 것들이 벌써부터 돈 밝히네."

내가 비아냥거리자 엄마가 내 어깨를 찰싹 때렸다. 웅이가 미리 불러놓은 택시에 아버님과 어머님을 밀어 넣었다. 술기운이 오른 아버님이 아빠 손을 놓지 않아서 내가 떼어내야만 했다. 어머님이 창문을 내리고 인사했다. 엄마가 다음에 또 보자고 했는데, 그런 날이 올까. 우리가 갑자기 아이를 낳아서 돌잔치라도 한다면 모를까.

우린 택시가 골목길을 빠져나가 보이지 않을 때까지 우두커니 서 있었다. 건물들 사이로 차갑고도 따뜻한 바람이 불어왔다. 시간이 흐른 후에도 온도를 가늠하기 어려운 이 바람은 쉽사리 잊지 못할 것 같은 예감이었다.

테트리스 부부

민서는 지웅이 그라인더로 원두를 분쇄하는 소리에 잠에서 깼다. 머리맡에 놓아둔 스마트폰으로 시간을 확인했다. 7시 28분이었다. 토요일인데 좀 더 자지. 벌써 아침잠 없는 노인네가 돼버린 건가. 고개를 빼꼼히 들고 지웅을 찾았지만 보이지 않았다. 소파에 앉아 있는듯했다. 민서는 이불을 다시 뒤집어썼다. 주말인데 8시까지는 누워 있어야 덜 억울할 거니까.

지웅은 한 달 전 구매한 수동 커피 그라인더를 무척 아꼈다. 더 고급스러운 걸 사고 싶었지만 가격 때문에 저렴한 걸로 만족해야 했다. 커피 맛은 잘 몰라도 원두를 직접 가는 건 흥미로웠다. 주말이든 평일이든 아침에 일어나면 그

라인더부터 찾았다. 원두를 한 움큼 쥐어 통에 넣고 뚜껑을
닫았다. 커튼을 걷고 소파에 앉아 창밖을 멍하니 바라보며
손잡이를 돌렸다. 이 순간만큼은 잡생각 없이 고요하게 있
고 싶었다. 민서가 늦잠을 자는 게 많은 도움이 됐다. 나뭇
가지에 앉아 있는 비둘기를 보며 원두를 갈다 보면 뻑뻑하
던 손잡이가 어느새 헐거워졌다. 복잡한 마음도 조금이나
마 느슨해지는 기분이었다. 그러고 보니 나무가 제법 푸릇
푸릇해졌다. 지난주에 새순이 올라왔던 것 같은데.

지웅은 커피를 내려 침실로 향했다. 커피를 마시라고 해
도 민서는 대답이 없었다. 지웅은 화장대에 커피잔을 올려
놓고 침대에 걸터앉았다. 이불을 슬쩍 내렸더니 민서가 다
시 덮었다. 지웅이 말없이 이불을 다시 걷으려고 하자 민서
가 몸부림쳤다. 남편이 커피를 갖다 바치는데 이렇게 나온
다면.

"자기야, 계속 늦잠 자고 그러면 또 새벽부터 유튜브 촬
영하자고 한다."

그 얘기에 민서가 이불을 걷어차고 벌떡 일어났다.

"유튜브에 유 자도 꺼내지 말라고 그랬지?"

"유재석, 유세윤, 아이유?"

"하, 아침부터 진짜 노잼이네."

"알았으니까 커피 마셔. 내가 얼마나 정성껏 원두를 갈았

는데."

지웅이 민서에게 잔을 건네주었다. 민서는 눈을 반쯤 감은 채 향을 음미했다. 달콤한 초콜릿 향이 났다. 동시에 유튜브를 찍던 나날이 떠올라 순간 닭살이 돋았다. 커피를 한모금 마시고 지웅에게 다시 잔을 건넸다.

"최근에 들어가 봤어?"

"어딜?"

"우리 유튜브 채널. 래빗 앤 터틀 다이어리."

촌스러운 계정 이름에 헛웃음이 나왔다. 유튜브 대문을 장식하고 있는 조잡하고 귀엽고 야한 썸네일도 떠올랐다. 지웅이 어설픈 포토샵 솜씨로 만들었던.

"그럼. 오늘 아침에도 확인해봤는데. 구독자 4만 6,000명이야."

"진짜? 가만히 있었는데도 2,000명이 늘었네."

"우리가 올려놓은 영상이 제법 되니깐. 이번 달에도 지난번 수준으론 수입이 들어올 것 같아. 물론 얼마 되진 않겠지만."

최근에 새롭게 올린 영상이 없는데도 돈이 들어온다는 말에 민서가 반색했다.

"그건 참 반가운 소식이군."

"왜? 다시 하고 싶어? 그냥 버리긴 아깝지?"

"아니, 하기 싫어. 말도 꺼내지 마."

지웅은 구독자 5만 명을 달성하려고 민서를 가만히 놔두지 않았다. 아침에 눈 떠서 밤에 침대에 누울 때까지 닦달했다. 민서가 아주 질려버릴 때까지.

한 번쯤은 민서처럼 살아보고 싶었다. 참지 않고 고민하지 않고 닥치는 대로 질러보고 싶은 마음이었다. 비뇨기과 사태를 겪으며 그런 욕망이 더욱 커졌고 어느 순간엔 주체할 수 없을 정도가 되었다. 다행히 너무나도 훌륭한 롤모델이 가까이 있었기에 어려울 건 없었다. 거슬렸던 민서의 행동을 고스란히 따라만 하면 되니까.

한동안 지웅은 이렇게 자책하기도 했다. 어쩌면 내가 스스로 거세한 걸지도 모른다고.

지웅은 살아오면서 줄곧 뭔가를 포기해왔다. 값비싼 장난감, 유명 브랜드 옷, 재수의 기회, 미국 아이비리그 대학원 진학(그 누구에게도 말한 적 없는 지웅의 소망 중 하나였다), 입사 초기엔 퇴사하고 로스쿨이 그렇게 가고 싶었지만 그럴 형편이 아니었다. 외제 차, 남부러울 게 없는 아파트…… "없어도 돼, 안 해도 돼"가 습관적으로 몸에 배어 있었다. 무언가를 가지려고 안달하는 것보다 내려놓고 포기하는 게 익숙했다. 오르지 못할 나무는 쳐다보지도 않는 게 속 편한 일이었다.

결혼도 민서가 아니었으면 못 했거나 안 했을 것이다. 민서가 지웅을 가지려는 마음을 품지 않았다면 둘의 관계는 소리 소문도 없이 끝났을 터였다. 지웅에게 선택권을 주었다면, 지웅은 눈물을 훔치며 조용히 뒷걸음질했을 것이다.

하나둘 포기하는 것이 습관이 되다 보니 정자가 제 발로 사라진 게 아닐까. 그렇게 생각하니 몹시 서글펐다. 이 모든 게 지웅이 자초한 일처럼 느껴졌다. 지웅은 주먹을 쥐어 보았다. 우락부락하면 좋겠는데 오동통하고 고운 게 꼭 눈뭉치로 만든 주먹 같았다. 보잘것없는 주먹이지만 가끔은 이 주먹으로 뭔가를 힘껏 쥐어봐야겠다고 결심했다. 쉽사리 빠져나가지 못하도록.

지웅이 욕망을 채워갈수록 민서는 손아귀에 힘이 풀리는 기분이었다. 그런 민서에게서 지웅은 묘한 쾌감을 느꼈다. 상황이 역전돼 민서가 자신을 말리는 날이 오다니. 의도한 건 아니었지만 일종의 거울 치료 효과가 있었다. 지웅은 더 천방지축으로 날뛰며 민서를 몰아세웠다.

그렇게 반년 정도 시간이 흘렀을까. 민서는 두 손 두 발다 들었다. 유튜브 얘기만 들어도 치를 떨었다. 지웅의 말대로 10만 명을 돌파할 때까지 했다간 인생이 날아갈 것 같았다. 실버 버튼을 받기 전에 실버타운에 들어가야 할지도 몰랐다.

"웅아, 우리 지금 너무 급해. 천천히 해, 여유도 좀 즐기고. 우리가 전업 유튜버도 아니잖아."

"민서야, 성공하는 사람과 그렇지 못한 사람의 차이가 뭔지 알아? 그건 바로 위기가 닥쳤을 때 어떻게 행동하는지에 달렸대. 힘든 순간조차 즐기면서 묵묵히 나아가는 사람은 성공하는 거고, 그러지 못한 사람은 실패하는 거고."

결국 민서는 울면서 토로했다. 유튜브고 나발이고 다 필요 없으니까 그만하라고, 자신도 이젠 그만 설치겠다고.

"제발, 가만히 있어."

이 얘기를 민서에게 듣다니. 어느 날 정신을 차려보니 눈물범벅으로 괴로워하고 있는 민서가 눈앞에 있었다. 다크서클이 입꼬리까지 내려앉은 채로 카메라 앞에 서 있는 건 낯선 자신이었다.

지웅은 정신이 번쩍 들었고 그날부로 유튜브에서 손을 뗐다. 매일 영상을 찍고 편집하는 게 고통스럽긴 했다. 하지만 그땐 그게 힘든지도 몰랐다. 오히려 대충하거나 적당히 매달리는 게 더 스트레스였다. 종일 유튜브 생각이 머릿속을 떠나지 않았다. 지웅은 자신도 모르게 유튜브에 심각하게 중독되어 있는 상태였다. 얼굴을 드러내는 게 아무렇지 않을 정도로. 느리지만 꾸준한 속도로 구독자와 조회수가 늘었고, 얼마 안 되지만 수입이 있었다. 조금만 더, 조금만 더 노력하면 인생을 통째로 바꿀 수 있을 것만 같았다.

미련이 아직 남았을까. 유튜브 계정을 삭제하진 않았다. 아무것도 하지 않아도 소소하게나마 돈이 들어왔고, 혹시 둘 중 누군가의 마음이 바뀌어서 다시 시작할 수도 있으니까. 누가 먼저 바뀔지 궁금하기도 했다.

"조금 심심하지 않아? 주말인데 할 것도 없고. 가볍게 찍어서 하나 올려볼까?"

지웅이 슬쩍 떠보았으나 민서가 철통 방어 했다.

"아니, 전혀 안 심심해. 그리고 우리 오늘 할 거 많아."

민서는 예정에도 없던 계획을 되는대로 얘기했다. 그중 하나가 박물관에 가는 거였다. 평소에 생각해둔 건 아니었고 어젯밤에 인스타그램에서 누군가가 피드를 게시한 걸 보았다. 문득 그게 떠올랐을 뿐이었다. 더군다나 박물관은 무료였다.

아침은 딸기잼과 땅콩버터를 골고루 바른 식빵과 계란프라이로 해결했다. 한동안 배달 음식은 시키지 않기로 했다. 외식도 자제했다. 민서가 그러자고 제안했다. 지웅은 오늘따라 한동안 민서가 미쳐 있던 베이글이 너무 먹고 싶었지만 말을 꺼내지 않았다.

"그러지 말고 우리도 식탁을 살까?"

지웅이 접이식 상을 펼치며 말했다.

"어디에 두게?"

민서가 거실을 둘러보았다. 거실이 곧 부엌이고 부엌이 곧 거실이었다. 식탁을 두려면 소파를 치워야만 했다. 지웅도 마땅치 않다는 걸 인정했다.

"큰 거 말고 자그마한 2인용 식탁을 사서 창가에 바짝 붙여 놓으면 안 될까?"

민서가 고개를 젓자 지웅이 덧붙였다.

"소파 앞에 놔둘 수 있는 작은 테이블은 어때? 그건 접었다 폈다 할 필요도 없잖아."

"자꾸 뭘 사려고 해? 자기야, 그만 사. 참아. 어차피 이사갈 때 다 짐이야."

민서가 지웅을 말렸다. 민서에게 이런 얘기를 듣고 있으니 지웅은 겸연쩍었다. 이 또한 일종의 부작용이었다. 몇 개월 동안 앞뒤 재지 않고 뭔가를 신나게 사다 보니 계속 돈을 쓰고 싶었다. 확실히 돈은 버는 것보다 쓰는 맛이라는 민서의 철학에 공감하게 되었다.

"우리 언제 이사 가는데? 나 몰래 계획이라도 세워뒀어?"

"아니. 언젠가는 가겠지, 우리도. 계속 여기서 살 순 없잖아."

"살면 되지. 못 살 건 또 뭐 있어?"

지웅은 그릇에 묻은 딸기잼을 핥으며 생각했다. 오피스텔에서 계속 살게 된다면 어떻게 될까. 똑같은 곳은 지루하니까 이 오피스텔 저 오피스텔 옮겨 다니면서. 그런다고 큰일이 날 건 없었다. 살면 또 살아진다. 그게 어디든. 나이 육십, 칠십 먹고도 민서와 이렇게 식빵에 잼을 발라 먹을 수있다면 그 나름의 행복이 있지 않을까. 민서가 어이가 없다는 듯 웃었다. 그 웃음을 보자 지웅은 문득 오래전 민서의약속이 떠올랐다.

"자기, 근데 나한테 뭐 약속하지 않았어?"

"내가? 뭘?"

민서는 도통 모르겠다는 얼굴이었다.

"한강에서 데이트할 때 자기가 약속했잖아. 결혼하면 한강이 내려다보이는 30평대 아파트에서 살게 해주겠다고. 프러포즈 아니었니? 나, 그 말 믿고 결혼한 건데."

지웅이 샐쭉거렸다. 둘은 특별한 계획이 없을 때 곧잘 한강을 걷곤 했다. 최근엔 그러지 못했지만. 산책하면서 강북과 강남을 잇는 다리를 감상하고 직접 다리를 건너가 보기도 하고 오가는 사람과 반려견과 자전거를 구경했다. 치킨이나 피자에 맥주를 마시며 강변을 빼곡하게 채우고 있는아파트의 가격을 알아맞히기도 했다. 매번 예상보다 훨씬비싸서 둘은 놀라워했다.

"그게 무슨 프러포즈야. 프러포즈는 내가 아니라 자기가 했지."

민서는 지웅이 호텔에서 해줬던 프러포즈를 떠올렸다. 로맨틱하고 잊지 못할 순간이었다. 호텔방에 촛불로 길을 내고 하트를 그렸다. 하트에는 민서가 그토록 원하던 반지가 놓여 있었다. 지웅이 한 건 맞지만 민서의 바람대로 지웅은 움직였을 뿐이었다. 시켜서 억지로 한 거라곤 말하지 않았다.

"아무튼, 언제 살게 해줄 건데?"

"좀 더 기다려봐. 언젠가는 살게 해줄 거니까. 나에게도 다 계획이 있어."

지웅이 구체적인 계획을 물어봤지만 민서는 말을 아꼈다. 이미 지웅도 다 알고 있는 것들, 주식, 코인, 유튜브 등 본업 외에 돌파구가 필요해서 이것저것 손대봤지만 무엇 하나 쉽지 않았다. 본업만으론 한강이 보이는 아파트는 불가능했다. 북한강 또는 남한강의 초입이나 서해로 합류하는 지점이라면 모를까.

어차피 둘이 사는데 그런 아파트가 무슨 필요인가 싶으면서도, 둘만 있으니까 또 그런 곳에 살아야 할 것 같았다. 구질구질하지 않게 보란 듯이 좋은 집에서 살고 싶었다. 하지만 그건 민서와 지웅뿐만 아니라 모두의 희망이자 바람이자 욕망이었기에 이루기가 만만찮았다. 공급에 비해 수요가 많으면 수요자는 머리가 아픈 법이니까. 그런 측면에서 민서는 자녀를 가지지 않는 게 수요자를 조금이나마 줄임으로써 다른 수요자들을 미약하게나마 도와주는, 그들을 행복하게 해주는, 말하자면 우리나라를 위한 작은 희생이라고 믿기로 했다. 지웅이 비약이 지나치다고 지적했다가 오히려 화를 불렀다.

"우리처럼 열심히 산 사람도 고작 10평대 오피스텔에 살아야 하는데. 10대 경제 대국 같은 소리하고 있네. 10평 경제 대국이겠지."

민서가 식빵을 뜯어 먹으며 신경질을 냈다. 생각할수록 화가 치밀었다. 나라는 그 어느 때보다 잘나가는데 우린 왜 이러고 있나. 지웅은 위축돼 아무 말도 하지 못했다.

"사람이 더 많아지면 뭐 어쩌려고 그래? 7평, 5평, 3평짜리 집에 다 몰아넣어야 속이 시원하다니? 난 차라리 다 같이 망했으면 좋겠어. 전부 다 망해버리라고."

"자기야, 전부 다 망하면 우리도 같이 망하는 거잖아."

"우린 어차피 망했는데 무슨 상관이야?"

"우리가 망하긴 왜 망했어. 이렇게 잘 살고 있는데. 다시 유튜브 시작해?"

"조용히 해."

민서가 으르렁거렸다. 식빵 먹다 말고 어쩌다 이런 얘기까지 하게 된 걸까. 지웅은 차갑게 식은 커피를 마저 마시고 조용히 일어나 뒷정리를 시작했다. 괜히 불똥이 튀어서 좋을 게 없었다. 묵묵히 청소하다 보면 민서도 흥분이 가라앉을 터였다.

"일단 우리는 기다려야 해. 기회가 올 때까지. 지금처럼 숨죽이고 버티면서."

뒤에서 민서가 나지막하게 읊조렸다. 지웅은 어떤 기회를 말하는 거냐고 물으려다가 말았다. 대신 고무장갑을 끼고 설거지를 하면서 혼자 생각해봤다. 우리에게도 기회가 올 것인지, 온다면 언제 오는 것인지. 민서가 켠 TV에서 먼 나라의 전쟁 소식이 흘러나왔다. 세계 곳곳에서 전쟁이 벌어지고 있었다. 몇 년째 이어지고 있는 전쟁. 어쩌면 지금 우리에겐 민서가 말하는 그 기회가 이미 와 있고, 충분히 누리고 있는 건지도 모른다는 생각이 들었다. 그렇게 생각하자 조금 평온해졌고 설거지에 오롯이 집중할 수 있었다.

차는 집에 놔두고 지하철을 타고 국립중앙박물관으로 향했다. 미술관은 가끔 갔지만 박물관은 처음이었다. 이촌역에서 내려 천천히 걸어갔다. 그리 춥지도 덥지도 않은, 조금은 쌀쌀하지만 걷기엔 딱 좋은 날이었다. 봄이 왔군. 민서는 지웅과 산책을 자주 해야겠다고 가볍게 생각했다.

서울의 한가운데 이렇게 큰 박물관이 있다는 사실에 둘은 놀랐다. 박물관 입구에 있는 넓은 계단을 올라가니 남산과 남산타워가 한눈에 들어왔다. 저 멀리로는 북한산 자락도 어렴풋이 보였다. 박물관과 남산타워 사이는 미군 부대가 주둔하던 곳이어서 높은 건물이 없고 시야가 탁 트였다.

"여기 되게 이국적이다."

"그러게. 진즉에 와볼걸 그랬다."

지웅이 민서를 모델로 세워놓고 사진을 계속 찍었다. 남산타워를 배경으로 함께 셀카도 남겼다.

박물관은 엄청 넓고 생각보다 사람도 많았다. 우르르 몰려다니는 아이들 때문에 시끌벅적했다. 한적하고 여유로운 풍경을 예상했던 지웅은 조금 당황했다. 오늘 여길 다 보고 갈 순 있으려나. 괜히 걱정도 됐다. 어디부터 보면 좋을지 고민이었다. 반면 민서는 망설임 없이 발걸음을 옮겼다. 줄곧 드나들었던 사람처럼. 지웅은 그런 민서가 가끔은 부러웠고 민서가 있어서 편하기도 했다. 고민이 될 땐 민서를 따라다니면 그만이었다.

민서가 먼저 들어간 곳은 '대한제국' 전시실이었다. 시간 순으로 보려면 '구석기'부터 보는 게 맞지만 무엇을 먼저 본다고 해도 상관없었다. 지웅의 눈길을 끈 건 "서울은 지방과 달라서 돈이 있으면 안 되는 일이 없는 곳"이라는 글귀였다. 19세기 『우포청등록』에 기록된 글이었는데 그때나 지금이나 달라진 게 없는 것 같아 공감이 많이 됐다. 한편으론 지방도 돈이 있으면 안 되는 일이 없는 건 매한가지라고 생각했다. 지웅은 그 글귀를 사진으로 남겼다. 민서는 '당당한 고려 여성의 삶'이라는 제목의 글을 인상적으로 봤다. 조선시대와 달리 고려시대엔 여성들의 사회적, 경제적 처우가 남성과 다를 바 없었다는 게 신기했고 반가웠다.

"난, 아무래도 고려인의 후예인가 봐."

"우리가 대한민국 사람이니까. 당연한 얘기가 아닐까?"

"제발 아내의 감상을 방해하지 말아줄래?"

"아, 자기는 전생에 망나니였잖아."

얼마 전 둘은 어떤 앱에서 재미로 전생을 찾아보았다. 현재의 사진으로 전생을 추측해보는 거였는데, 민서는 망나니, 지웅은 머슴으로 나왔다. 별 볼 일 없는 전생에 씁쓸해했다. 전생이나 현생이나.

"계속 까불면 단칼에 베어버린다."

민서가 칼을 휘두르는 흉내를 냈다. 지웅은 조용히 민서를 뒤따랐다. 민서는 대동여지도, 금속활자, 금관총, 잔무늬거울, 비파형동검, 빗살무늬토기, 주먹도끼 등 아는 게 나오면 아이처럼 즐거워했다. 그러다 좀 지겨워지면 빠른 속도로 몇 개는 홀라당 건너뛰었다.

1층을 다 둘러보고 2층으로 올라갔다. 2층엔 국보인 반가사유상이 있는 '사유의 방'이 있었다. 거긴 다른 전시실과 달리 들어가는 입구가 어둡고 길었다. 둘은 곡선 길을 따라 조심히 발걸음을 옮겼다. 마치 다른 우주로 들어가는 기분이었다. 어두운 터널을 지나 전시실로 들어서니 반가사유상 두 점이 멀리서 둘을 맞이해주었다. 지웅이 팸플릿을 보고 국보 제78호와 제83호라고 조용히 속삭였다. 넓은 공간에 반가사유상 두 점만 있어서 그런지 더욱 신비롭게 느껴졌다. 사람들도 반가사유상을 둘러싸고 말없이 감상하고 있었다.

반가사유상 두 점은 비슷한 자세를 취하고 있었다. 오른쪽 다리를 왼쪽 무릎에 올려놓고 오른손을 뺨에 대고 어떤 고민에 빠진 듯했다. 어쩌면 오랜 고민을 털어내고 편안함에 이른 순간일지도 몰랐다. 민서는 반가사유상에 마음을 완전히 빼앗겼다. 그간 민서를 옭아매고 있던 어떤 것들이 순식간에 해소되고 치유되는 기분이었다. 눈가에 눈물이 고이더니 이내 뺨을 타고 흘러내렸다. 민서는 눈물을 훔치지도 않고 참지도 않았다. 그저 흐르는 대로 내버려두었다.

민서의 뺨에 흘러내리는 눈물을 발견한 지웅은 매우 난감했다. 어두워서 처음엔 울고 있는지 몰랐다. 다른 것과 달리 반가사유상을 생각보다 오랫동안 감상하기에 민서가 좋아하는 줄은 알았으나 갑자기 울 줄은 몰랐다. 이렇게 눈물이 많은 사람이 아니었는데. 사람들이 더 몰려와 고요하던 공간이 시끄러워졌다. 한 꼬마가 민서를 발견하고 "아줌마, 울어요? 왜 울어요?" 하고 물었다. 지웅이 "이 아줌마, 아줌마 아나"라고 답하며 꼬마를 내쫓았다.

지웅은 민서를 부둥켜안고 머리를 쓰다듬어주었다. 지웅은 왜 우냐고 묻지 않았다. 민서가 조용히 고개를 들고 겸연쩍은 미소를 지을 때까지 기다렸다. 둘은 손잡고 반가사유상 주변을 천천히 돌았다.

나오는 길에 기념품 가게에서 반가사유상 미니어처를 발견한 민서는 한참 동안 고민했다. 지웅이 사도 된다고 옆에서 거들었지만 쉽사리 손이 나가지 않았다. 미니어처지만 가격이 만만치 않았다. 민서는 한동안 돈을 최대한 쓰지 않기로 다짐했다. 처음엔 좀 괴로웠는데 며칠 지나고 나니 은근히 이 방식에도 나름의 재미가 있었다. 민서는 지갑을 여는 대신 눈에 반가사유상을 한 번 더 담아두었다.

둘은 박물관을 빠져나와 자연스럽게 한강으로 향했다. 가는 길에 팥빙수 맛집을 발견해 들어갔다. 팥빙수를 먹기엔 이른 시기였지만 사람들로 바글바글했다. 다른 토핑은 올리지 않고 팥과 떡만 들어간 빙수를 주문했다.

옆자리엔 20대 초반으로 보이는 여자가 혼자서 팥빙수를 먹으며 영상을 찍고 있었다. 사람들이 많은데도 아랑곳하지 않고 카메라에 대고 열정적으로 떠들었다. 이 집 팥빙수의 색다른 점에 대해 하나둘 읊어대고 있었다. 그 모습이 조금 귀엽기도 하고 웃겨서 민서는 속으로 미소를 지었다. 민서가 유튜브를 막 시작했을 때 주요 콘텐츠도 맛집 탐방이었다. 지웅은 사람 많은 곳에서 부끄럽지도 않냐고 했지만 민서는 사람들의 시선 따윈 신경 쓰지 않았다.

"왜? 다시 하고 싶어? 여기서 간단하게 찍어 갈까?"

민서가 유튜브를 찍고 있는 여자에게 관심을 가지자 지웅이 또 까불었다.

"그만해. 하고 싶으면 네가 해. 지금 보니까 웅이 네가 찍고 싶은 거 같은데. 영상 찍어서 빨리 또 올리고 싶지? 못 참겠지? 손이 근질근질하지? 내가 그 마음 참 잘 알지. 한번 관종은 영원한 관종이거든."

"내가 무슨. 난 관종 아니야."

"웅아, 관종도 아닌데 얼굴까지 드러내고 룩북을 찍었다고? 야밤에 혼자 라이브 방송까지 하는 사람이? 솔직히 인정해. 관종이 뭐 부끄러운 것도 아니고."

지웅은 대답 대신 팥빙수를 떠먹었다. 이상하게 빙수 맛이 썼다. 지웅은 자신도 모르게 여기서 영상을 찍으려면 어떻게 해야 할지 고민이 됐다. 옆자리 여자보다 매력적인 영상을 찍어야 할 텐데. 집에서 룩북만 주로 찍었기 때문에 좋은 아이디어가 재빨리 떠오르지 않았다. 룩북을 찍을 땐 아이디어가 샘솟았는데. 지웅은 자신에게도 창작욕이 있다는 사실이 놀라웠다. 지난 몇 개월간 각성 상태에 빠져 있었다는 건 인정할 수밖에 없었다.

"자기야, 그런데 아까 왜 그랬어?"

"뭘?"

"왜 울었냐고?"

"몰라, 묻지 마."

지웅은 민서가 왜 울었는지 알 것 같기도 했다. 지웅도 박물관에서 묘한 감정을 느꼈다. 박물관에서 본 건 말하자면 우리나라의 역사이자 인류의 역사였다. 아주 핵심적으로 요약해놓은 것이긴 하지만 구석기 시대부터 지금까지 다 있었다. 그 기나긴 세월, 지웅이 상상할 수도 없는 일들이 있었을 테고, 사람들은 그 고난과 역경을 이겨내며 후손을 길러왔다. 임진왜란, 병자호란, 일제강점기, 한국전쟁…… 민주주의가 제대로 자리를 잡지 못했을 때도, IMF가 터졌을 때도, 먹고사는 일이 막막할 때도…… 우리의 대단하신 선조들은 자녀를 낳고 키웠다.

"나도 아까 박물관에서 기분이 좀 그랬어."

지웅이 팥빙수 그릇을 매만지며 말했다.

"왜?"

"그냥, 우리 조상들, 인간들, 참 대단하다, 참 징그럽다, 참 악착같다, 참 억척스럽다, 뭐 그런 생각."

"그런데? 우리는 뭐 하고 있는 건가, 이런 생각이라도 들었어?"

"비슷해. 우리는 뭐 얼마나 대단한 삶을 살아보겠다고 이러고 있나. 인류는 어떤 역경 속에서도 자식을 낳고 길러왔는데 우린 왜 그걸 포기했나."

지웅이 잠시 고민하고 말을 이었다.

"따지고 보면 말이야. 인류의 역사가 별것이 없잖아. 우리의 DNA를 후세에 끊임없이 전달하는 지루하고도 기나긴 과정일 뿐."

"갑자기 웬 DNA 타령이야. 그래서, 자기도 DNA를 남기고 싶어?"

"아니, 그냥 좀 쓸쓸하다고 해야 하나, 서럽다고 해야 하나. 괜히 우리가 그 레이스에서 낙오한 사람이 된 것 같아서."

"그렇지, 낙오자는 맞지. 그런데 지금부터 중요한 게 뭘까. 이왕 이렇게 낙오한 거, 레이스 참가자보다 훨씬 즐겁고 행복해야 하는 게 아닐까. 낙오한 건 맞지만 낙오한 기분이 들지 않게, 아주 행복해야 해."

아주 행복해야 해.

지웅은 민서가 한 얘기를 조용히 곱씹었다. 그리고 팥빙수를 한 입 먹으며 고민했다. 어떻게 하면 아주 행복해질 수 있는지. 민서와 남부럽지 않게 알콩달콩하게 사는 방법이 뭔지. 그러려면 돈을 많이 벌어야 하고, 돈을 많이 벌기 위해선 또 뭔가를 해야 하는데.

"어려워."

"뭐가?"

"행복해지는 게."

"그렇지. 쉬운 일은 아니겠지. 누구나 쉽게 행복할 수 있다면 그 누구도 행복하자는 말을 꺼내지 않겠지."

"맞아. 그러면 우리도 이렇게 해볼래?"

"어떻게?"

"행복에 관한 얘기 자체를 꺼내지 않는 거야. 행복을 이미 우리가 누리고 있는 것처럼."

"그런다고 행복해지겠니?"

"또 봐. 얘기하지 말라니까. 우린 이미 누리고 있어, 그걸."

"정신 승리가 대단하구나."

민서가 싱긋 웃었고 지웅은 순간 행복하다고 느꼈다.

민서와 지웅은 한강을 따라 걸었다. 자전거를 탄 무리가 쉴 새 없이 지나갔다. 지웅은 천만 원짜리를 자전거를 구백구십만 원에 중고로 팔았다. 십만 원 손해를 보긴 했지만 몇 달간 신나게 타고 다닌 걸 생각하면 손해도 아니었다. 오히려 거의 새것과 맞먹는 가격에도 사겠다는 사람이 나타나서 놀라웠다. 자전거를 팔고 남은 돈으론 마이너스 통장을 메웠다. 지웅이 지나가는 자전거를 유심히 바라보는 걸 보고 민서가 물었다.

　"자전거 판 거 후회돼?"

　"아니."

　"또 타고 싶으면 적당한 가격으로 하나 사. 천만 원짜리는 안 돼. 최대 이백이야."

　지웅은 이백만 원으로 살 수 있는 자전거를 떠올려봤다. 지난번처럼 고급 자전거는 어림도 없겠지만 그래도 꽤 괜찮은 걸 구할 수 있을 터였다. 중고로 구매하면 종류도 다양할 테고. 하지만 당분간은 탈 생각이 없었다. 주식이 터진다면 모를까. 주식은 손해가 막심해 차마 처분하지 못했다. 회복할 때까지 버티는 것 말고는 다른 도리가 없어 보였다. 코인을 더 과감하게 담지 못했던 건 후회가 컸다. 얼마 없는 것마저 홀라당 팔아버린 후 가파르게 질주하는 코인을 보고 있자면 속이 메스꺼웠다. 민서의 말처럼 지금은 기다려야 할 때였다. 다시 기회가 올 때까지.

한낮의 햇살을 느끼며 천천히 한강을 걷고 있으니 땀이 조금 났다. 겉옷을 벗어 손에 걸치고 걷는 사람들도 제법 있었다. 지웅은 겉옷을 입었다 벗었다 반복했다. 민서는 한강에 줄지어 있는 아파트를 보며 매매가를 상상하다가 그만두었다. 대신 지나가는 사람들을 구경했다.

한 노부부가 맞은편에서 아주 천천히 걸어오고 있었다. 여든은 충분히 넘었을 것 같은 두 사람은 등산용 잠바를 커플로 맞춰 입었다. 할아버지는 한 손으로 지팡이를 짚고 있었으나 지팡이에 크게 의지하는 것 같진 않았다. 두 사람이 손을 잡고 걷는 모습이 사랑스러웠다. 두 분은 자녀가 몇 명이나 있을까, 손주는 몇이나 될까. 민서가 문자 지웅이 분위기를 깨는 소리를 했다.

"저렇게 사이가 좋은 걸 보니 불륜이지 않을까."

"넌 좀. 아재 같은 소리 좀 하지 마. 사이좋은 부부는 다 불륜이게? 우리도?"

"우리는 아니지. 저분들도 설마 딩크족은 아니겠지? 말하자면 딩크족의 시조새인 거지."

"자기가 가서 여쭤봐."

"뭐라고?"

"딩크족이시냐고."

"그렇다고 하시면?"

"어떠냐고 여쭤봐. 딩크족의 삶이 어떤지 말이야. 나이가 지긋해져도 괜찮은지, 쓸쓸하진 않은지, 후회하진 않는지."

"나, 진짜 물어본다."

지웅이 빠르게 걸어가는척하자 민서가 말렸다. 지웅이 다시 민서 옆에 붙어 물었다.

"나중에 후회할까 봐, 쓸쓸할까 봐 걱정돼?"

"걱정까진 아니고 궁금하긴 하지."

"난 괜찮을 거 같은데. 우리나라 고령화 속도 엄청 빠르잖아. 우리만 늙는 게 아니고 이 사회 자체가 늙어가니까. 2050년에는 우리나라의 중위연령이 50대래."

"쉰 이하는 어디 가서 명함도 못 내밀겠네."

"그렇지. 그땐 쉰 살도 청년 소리 듣고 있겠지."

"정말 나이는 숫자에 불과한 건가."

"자식이 있으면 덜 쓸쓸하겠지만, 자식이 있다고 해서 모두 쓸쓸하지 않은 것도 아니잖아. 인간은 누구나 쓸쓸한 존재니까."

이 얘기를 할 즈음 노부부가 스쳐 지나갔다. 지웅의 얘기를 들었는지 할머니가 피식 웃었다. 같잖아서 웃는 걸지도 모를 일이었다.

"여보, 어느 날 내가 지겨워지면 어떡해?"

지웅이 걱정스럽게 물었다.

"자기가 지겹긴 왜 지겨워."

"자기는 쉽게 질려하잖아. 근데 난 아직 안 지겨운가 봐?
그럭저럭 괜찮나 봐?"

"그럭저럭 정도가 아니라 아주 괜찮아. 대만족이야."

한참 걷다 보니 한강 다리를 여섯 개나 지나갔다. 동작대
교부터 양화대교까지. 다리가 아프면 벤치에 앉아서 잠깐
쉬고 또 걷기를 반복했다. 조용히 걷고 또 수다를 떨면서.
민서는 혹시 모를 미래를 위해 난자를 얼려놓을까, 하고 얘
기했다가 지웅을 토라지게 했다. 지웅은 민서처럼 얼려놓
을 게 없었다. 현재로선. 온더록스로 위스키를 마실 때를
대비해서 얼음이나 얼려야겠다며 지웅이 삐쭉거렸다. 민서
가 자신은 입방정이 문제라며 사과했다. 둘은 한강을 빠져
나와 이천 원짜리 디카페인 커피 한 잔을 나눠 마시고 지하
철을 탔다.

민서는 샤워하고 수건으로 물기를 닦으며 거울에 비친
모습을 살펴보았다. 탄탄하고 풍만한 몸이 자신이 보기에
도 섹시했다. 좀 전에 먹은 김치볶음밥 때문에 똥배가 약간
나오긴 했지만 이 정도면 훌륭했다. 이런 아내랑 사는 지웅
은 복받은 남편이지. 며칠 전 지웅의 치골에 그려준 과녁을

떠올렸다. 양궁의 과녁처럼 크기가 다른 동그라미를 세 개를 예쁘게 그려줬다. 가장 작은 동그라미 가운데에는 점 하나를 콕 찍었다. 민서는 문신하라고 권유했지만 지웅은 무섭다며 한사코 거부했다. 돈도 아깝고. 그래서 민서가 매직으로 직접 그려줬다. 지웅은 유치하게 뭐 하는 짓이냐면서도 예쁘게 그려주길 기대했다. 자신의 과녁과 민서의 권총이 뭔가 거꾸로 된 것 같아 지웅은 투덜거렸다. 하지만 민서의 권총은 지우기 어려운 것이기에 어쩔 수 없었다.

민서는 오늘 밤에도 남편을 녹여버려야겠다고 생각했다. 먼저 씻고 나온 지웅은 발가벗은 채로 침대에 누워 얌전히 기다리고 있을 터였다. 민서의 기대와 달리 지웅은 잠옷을 입고 침대에 엎드려 스마트폰에 집중하고 있었다. 민서가 방에 들어왔는데도 기척이 없었다. 은근히 자존심이 상한 민서는 지웅이 언제까지 못 본척하는지 지켜보았다. 10초나 흘렀을까. 민서는 참지 못하고 지웅의 허리에 올라타 지웅을 괴롭혔다. 스마트폰으로 뭘 하기에 팬티만 걸치고 있는 섹시한 와이프를 무시하는 거냐며. 가만 보니 지웅은 굉장히 익숙한 게임을 하고 있었다.

테트리스였다.

지웅이 수줍게 말했다. 테트리스 하자고 할 것 같아서 먼저 하고 있었다고. 자기도 해보겠냐고. 민서는 욕구가 싹

사라지는 기분이었다. 민서도 지웅의 옆에 누워 테트리스를 했다. 하다 보니 욕심이 생겨 계속하게 되었다. 오랜만에 생각 없이 하염없이 떨어지는 블록을 맞추고 있자니 꽤 평온했다.

둘은 베개를 베고 나란히 누워 벽에 다리를 기댔다. 박물관과 한강을 거니느라 피로해진 다리를 풀어주면서 각자 테트리스 게임에 열중했다. 게임 배경음악을 들으며 말도 없이 블록을 계속 맞췄다. 메우면 사라지고 또 내려오고 또 한 줄을 빈틈없이 메우면 사라지는 게 무수히 반복됐다. 그러다 메우지 못하고 블록이 쌓이면 게임이 끝났다. 둘은 게임이 끝날 때마다 상대방의 테트리스를 잠깐 구경하다가 또 자신의 게임을 시작했다. 그리고 또 끝나면 테트리스에 집중하고 있는 배우자를 멍하니 바라보았다.

"테트리스가 정신 건강에 도움이 되는 것 같아."

"정신 건강에만 좋을까? 두뇌 활성화에도 긍정적일 게 분명해."

"치매 방지에도 효과가 있을까?"

"아마도?"

"그리고 좋은 게 또 있지."

"뭐?"

"육체적으로도 좋아."

"자기가 말하는 건 다른 테트리스인 거 같은데?"

"아무래도 그렇지?"

"내일은 뭐 하지?"

"내일은 나가지 말고 집에 틀어박혀서 테트리스나 하자."

"그럴까? 나쁘지 않은 생각이야."

"나쁘지 않은 정도가 아니라 매우 좋은 생각이지."

"좋아. 내일은 이 세상에서 사라지는 기분이 들 정도로 테트리스에 집중하도록 해, 우리."

작가의 말

이 소설은 2021년에 쓴 단편소설 「환절기 코디법」과 「노
키즈 존」에서 비롯되었다. 두 편 모두 오피스텔에 사는 신
혼부부의 이야기다. 「환절기 코디법」에서는 유튜브로 성공
하고자 하는 부부의 욕망을, 「노 키즈 존」에서는 자녀를 가
지지 않는 것 때문에 부모님과 갈등을 겪는 부부의 괴로움
을 다뤘다. 앤솔러지 『전세 인생』에 발표한 단편소설 「오꾸
빠 오꾸빠」에도 아파트를 동경하는 부부가 등장하는데, 아
마도 당시 내가 오피스텔에 살다 보니 자연스럽게 이런 이
야기들이 쏟아져 나온 게 아닐까 싶다.

쓰는 동안, 대체로 행복했다. 단편소설을 쓸 때부터 장편
소설로의 확장을 염두에 두고 있었고, 2023년 새해를 맞이
하며 이 소설을 천천히 써야겠다고 다짐했다. 출근하기 전
이른 아침에 이야기를 전개했고, 퇴근 후 그리고 주말에 다

듣기를 반복했다. 직장을 다닌다는 핑계로 한 문장도 쓰지 않은 날이 더 많았지만, 그 순간에도 소설의 인물인 민서, 지웅과 낄낄거리며 대화를 나눴다. 그 시답지 않은 농담이 일상을 살아가는 데 큰 즐거움을 주었다. 소설을 쓰는 이유 중 하나가 일상과 멀어지는 것인데, 도리어 일상에 도움을 준다는 게 흥미롭게 느껴진다.

쓰는 동안, 가끔 죄송했다. 부모님이 이번엔 어떤 소설을 쓰고 있냐고 물어보면 딩크족 이야기라고 당당하게 말하긴 했지만, 괜히 마음이 그랬다. 나 또한 민서와 지웅처럼 오래전 아이를 가지지 않기로 결심했다. 내가 어쩌다 이런 마음을 먹게 되었는지 이유를 알고 싶어 이 소설에 매달린 부분도 없잖아 있다. 누군가가 왜 아이를 가지지 않냐고 물어보면(사실 요즘엔 물어보는 사람도 거의 없긴 하지만) 좀 멋지게 대답하고 싶기도 했고. 안타깝게도 소설을 쓰면서 더욱 불명확해졌다.

쓰는 동안, 때론 슬펐다. 세계 곳곳에서 발발한 전쟁이 이어졌고, 각종 사건·사고가 끊이지 않았으며, 인간에게 분명 책임이 있지만 인간이 어쩔 수 없는 재해가 발생했다. 와중에 나는 소설을 쓴답시고 자그마한 노트북을 거북목으로 들여다보고 있었는데, 때때로 내가 지금 뭐 하고 있나 싶어 자괴감이 들 때도 있었다. 하지만 부끄럽게도 나는 적어도 지금까진 안전하게 잘 버티고 있다는 생각에 안도하는 마음이 더 컸다.

출간을 앞둔 설렘이 크지만, 민서와 지웅에게 미안하기도 하다. 소설을 구상하고 쓰기 시작했을 땐 나도 오피스텔에 살고 있었으나, 도중에 오피스텔을 떠나 더 넓은 곳으로 이사를 오게 되었다. 민서와 지웅만 그곳에 덩그러니 남겨 두고 온 것 같아서, 두 사람을 배신한 것만 같아서 마음이 편치 않다. 미래에 쓸 소설에서 이 빚을 갚을 수 있을지 모르겠지만, 그때까지 두 사람 모두 평온하길 기원한다.

한때 술을 마시고 돌아오는 길에 테트리스 게임을 종종 했다. 게임을 하다 보면 어느새 집에 도착해 있곤 했다. 하염없이 떨어지는 블록을 맞추고 있노라면 잠념이 사라지고 술도 깨는 것 같았다. 모든 게임이 그렇듯 죽으면 아무렇지 않은 척 다시 새롭게 시작하면 그만이었다. 그러다 어느날 이 단순한 게임이 대단히 철학적이라는 생각에 이르렀다. 아마도 술에 많이 취했기 때문이겠지만, 민서와 지웅 부부에게 선물하고 싶어 소설에 활용했다.

『테트리스 부부』를 소개할 수 있는 자리를 마련해주신 출판사 자음과모음, 세심하게 살피며 용기를 북돋아주신 김수진 편집자님께 감사드린다. 항상 응원해주는 가족, 친구, 동료에게도 감사하다는 말을, 곁에서 부족한 인간을 잘 보듬어주는 아내에게 사랑한다는 말을 전하고 싶다. 독자님께는 이 소설이 부디 재밌었으면 하는 작지만 큰 바람이 있다. 그럴 리는 없겠지만 행여 큰 깨달음을 얻기 위해 읽으신 분께는 죄송하다는 말씀을 드린다. 그저 읽는 와중에 피식피식 싱겁게 웃게 된다면, 그래서 하루를 조금이나마 더 즐겁게 보낼 수 있다면 더할 나위가 없겠다.

2025년 봄

권제훈

테트리스 부부

© 권제훈, 2025

초판 1쇄 인쇄일 2025년 5월 8일
초판 1쇄 발행일 2025년 5월 21일

지은이   권제훈
펴낸이   정은영
편집   김수진 장혜리
디자인   이선희
마케팅   최금순 이언영 연병선 송의정
저작권   신은혜 박서연
제작   홍동근

펴낸곳   (주)자음과모음
출판등록 2001년 11월 28일 제2001-000259호
주소   10881 경기도 파주시 회동길 325-20
전화   편집부 (02)324-2347 경영지원부 (02)325-6047
팩스   편집부 (02)324-2348 경영지원부 (02)2648-1311
이메일   munhak@jamobook.com

ISBN 978-89-544-5265-6 (03810)